中华古典文学选本丛书

柳永词选

薛瑞生 评注

中华书局

图书在版编目（CIP）数据

柳永词选/薛瑞生评注. —北京：中华书局，2023.2
（中华古典文学选本丛书）
ISBN 978-7-101-15828-1

Ⅰ.柳… Ⅱ.薛… Ⅲ.宋词–选集 Ⅳ.I222.844

中国版本图书馆 CIP 数据核字（2022）第 129178 号

书　　名	柳永词选
评　　注	薛瑞生
丛 书 名	中华古典文学选本丛书
责任编辑	聂丽娟
责任印制	陈丽娜
出版发行	中华书局
	（北京市丰台区太平桥西里 38 号　100073）
	http://www.zhbc.com.cn
	E-mail:zhbc@zhbc.com.cn
印　　刷	大厂回族自治县彩虹印刷有限公司
版　　次	2023 年 2 月第 1 版
	2023 年 2 月第 1 次印刷
规　　格	开本/880×1230 毫米　1/32
	印张 6⅞　插页 2　字数 120 千字
印　　数	1-5000 册
国际书号	ISBN 978-7-101-15828-1
定　　价	28.00 元

前　言

　　柳永乃宋代词坛启山林手,宋词之有柳,若唐诗之有杜。然柳永其人、其词之真相,却被近千年之历史烟尘涂抹得面目全非,将正本清源之役留给今人。有感于斯,我曾费数年精力,在作了扎实的考证,获得了大量新的资料,并在对宋人野史笔记作了去伪存真的工作之后,撰成《柳永别传——柳永生平事迹新证》[1]一书,虽未敢自专,却大体上做到了传信袪疑,其中偶尔有误者,亦予以自正。本书《前言》,只能将结论性的东西告诉大家,并加以必要的说明,至于大量的事实考证,就只好请读者诸君去翻检《别传》了。

　　柳永(987？—1058？)原名三变,字景庄;后更名永,字耆卿;在族中排行第七,世称柳七。福建崇安(今武夷山市)人,出身书香门第,父亲柳宜与叔父柳宣在南唐与宋初为官,叔父寘、宏、宋、察,及其兄三复、三接,子涗,侄淇,都是进士出身,可谓进士满门。

　　大约在宋太宗雍熙四年(987),柳永之父柳宜在京东西路济州任

1　拙著由三秦出版社于 2008 年出版。

城（今山东济宁市）县令任，此年柳永生[1]，柳宜已五十岁，可谓晚年得子。淳化元年至三年（990—992），柳宜在全州（今广西全州）通判任。按宋代官制的规定，凡在四川四路、荆湖南路、广南东西路以及福建路所谓边远八路为官者，不许携家眷前往，否则即有重罚乃至杀头[2]，这几年柳永只好随母回故乡崇安。那首七律《中峰寺》诗，就是柳永在这时写的，可也真是神童了。到了淳化四年（993），柳宜全州任满回到汴京，柳永与母亲便回到父亲身边。

柳永出仕之前的事迹是最难实证的，所幸被学界公认的柳词的写实性，为我们提供了实证的依据。严格说来，诗词都有其本事，这就是唐宋诗话、词话兴起的原因。所不同的则是，别人词的本事在词外，而柳词的本事在词内。这是不得已而求其次的办法，却也不是空穴来风。

柳永是在汴京度过他的青少年时期的，凡柳词中所谓"故里"、"乡关"者，均指汴京，足见柳永已将汴京当作故乡了。这也说明柳永之父柳宜晚年官汴京，退休后亦安家汴京。

柳永何时成婚，未能确知，但其《斗百花》（满搦宫腰纤细）显系写与其妻成婚之喜的，因写得直露，人们便将其当作妓女词了。设若柳与妻同岁，则柳永是在咸平四年（1001）十五岁时与妻子成婚的，"年

1　唐圭璋在《柳永事迹新证》（该文最初发表于《文学研究》1957 年第 3 期，后收入作者《词学论丛》一书，上海古籍出版社 1986 年版）一文中断柳永生于此年，虽引用材料有误，但大体不差，当然也未成定论，为论述方便，凡提到柳永生年时，即以此为准。
2　见《宋史·选举五·远州铨》。

纪方当笄岁"句就是明证¹。柳永之妻非常漂亮,柳词中反复写到她,如《促拍满路花》(香靥融春雪)、《菊花新》(欲掩香帏论缱绻)、《玉女摇仙佩》(飞琼伴侣)等等。但妻子的性情未免偏执了些,说得明白一点,也就是不完全符合封建社会对女子"三从四德"的要求,再加上柳永常在妓女中厮混,于是两三年之后,夫妻感情便产生了裂痕,柳永便趁"以文会友"之机,在十七岁至十九岁时远游江浙两湖,至景德二年(1005)秋才回到汴京。在现存213首柳词中,就有将近60首是写在这三年远游期间的,堪称柳词中压卷之作的词如《雨霖铃》(寒蝉凄切)、《八声甘州》(对潇潇暮雨洒江天)以及被王国维赞为"第二境界"的《凤栖梧》(独倚危楼风细细)等等,都是写在这一时期的。这三年远游,是柳词的丰收时期,但对柳妻却是个致命性打击。

在柳永远游期间,其妻就一病不起,大约在柳永回到汴京两三年后,这位美丽的女子就与世长辞了。郑文焯当年就曾指出《离别难》(花谢水流倏忽)、《秋蕊香引》(留不得)二词为"哀逝之作",可惜却未引起当今研究者的重视,现在看来,无疑是柳永为这位原配妻子写的悼亡词。

无容讳言,在柳永出仕之前,其与妓女的关系是避不开绕不过的。在宋代词人中,咏妓词之多、之滥,恐以柳永为最。但对这些妓女词,

1　拙著《柳永别传》初版断柳永十八岁成婚,误,至《乐章集校注》增订本(2012年由中华书局出版),始断定柳永十五岁成婚。

也要将其放在当时的社会环境中去考察，而不应当撇开当时的环境，纯粹用今人的眼光去看待，否则，即褒贬无度。且当今的研究状况是美誉如潮，甚至将他视为人性扇扬者的"完人"。其实这些都与真柳永无关，是论者心造的幻影。

妓女之制，有一段很长很长的历史，《汉武外史》载："汉武始置营妓，以待军士之无妻者。"其后各代皆沿"营妓"之名，亦称官妓，但却不再是专门以色侍人的纯粹意义上的妓女，而是以色艺为官场侑酒佐兴，迎来送往的艺妓了，当然也并未完全摆脱以色侍人的卑贱境遇。官妓之外，还有露台妓，亦称私妓；富贵与官宦人家还有家妓，至宋亦然。

其实再深究一步，宋代官方对士子与妓女之间的关系，在出仕前和出仕后的要求是有区别的，出仕之后有无妻室随官也是有区别的。即出仕之前较宽，出仕之后较严；出仕之后未携眷至官者较宽，携眷至官者则较严。士子们在出仕之前，几乎没有不与妓女来往的。出仕之后就不同了，稍不检点，即受到处分，甚至很严厉的处分，这样的记载是史不绝书的。

柳永深知宋代官场习俗，其出仕之前与妓女关系极密，《乐章集》中那些妓女词，可以断言，绝大部分当写在出仕之前；出仕之后即换了另一副面貌，变得严肃了。他在词中屡屡说"名宦拘检，年来减尽风情"〔《长相思》（画鼓喧街）〕；"道宦途踪迹，歌酒情怀，不似当年"〔《透碧霄》（月华边）〕；"误入平康小巷"〔《玉蝴蝶》〕，等等。研究柳永妓女词,如不将他出仕前后对妓女两种截然不同的态度区别开来,则难免造成误解。然而却仍有不少学者为文,说他终生甘与妓女为伍,这符合实际么?

即便是妓女词,也是有区别的。概而言之,柳永妓女词大致可分为四类:妓恋词、恋妓词、誉妓词、狎妓词。妓恋词写妓女不满于倚门卖笑的被蹂躏侮辱的生活,追求自由的爱情;恋妓词写士子包括柳永自己同情妓女,在妓女中寻求红粉知己;誉妓词则以第三者身份,歌颂妓女的色艺;至于狎妓词,则纯系色情与金钱的交易。如果说前二者是同情妓女遭遇尚可,若将后二者尤其是狎妓词也等同视之,岂其宜乎?

且在柳永妓女词中,前二者较少,后二者较多。若作具体考察,则可以断定,后二者多为应妓女之请托而作,是从中讨润笔的。罗烨《醉翁谈录》即明说:"耆卿居京华,暇日遍游妓馆。所至,妓者爱其有词名,能移宫换羽,一经品题,声价十倍,妓者多以金物资给之。"罗烨的话,其实也能从柳词中找到依据。《玉蝴蝶》词即有句曰:"珊瑚筵上,亲持犀管,旋叠香笺。要索新词,殢人含笑立尊前。"不就是妓女邀柳永品题的明证么?可以断言,这些为讨润笔而写的词,纯粹是商品交换,总不能说也是同情歌妓吧?顺便要说及的是,那些写得太不像话的,甚至直接写男女交媾过程的词,肯定有当时的乐工与歌妓捉刀其间,是不能全记在柳永账上的。

柳永为什么中进士为晚呢? 宋人将此中原因归咎于其妓女词。

吴曾《能改斋漫录》之说颇具代表性："仁宗留意儒雅,务本理道,深斥浮艳虚薄之文。初,进士柳三变,好为淫冶讴歌之曲,传播四方。尝有《鹤冲天》词云'忍把浮名,换了浅斟低唱'。及临轩放榜,特落之曰:'且去浅斟低唱,何要浮名?'"果真如此吗? 就以《鹤冲天》词来说,显然是初试败北之作。设若柳永冠年亦即真宗景德三年(1006)初次应试,而仁宗却生于大中祥符三年(1010),也就是说柳永写此词时仁宗尚未生,又怎么能斥曰"且去浅斟低唱,何要浮名"? 仁宗十三岁即位,尚为幼童,由章献明肃刘皇太后垂帘听政。此则说明,自乾兴元年(1022)二月仁宗即位至明道二年(1033)章献皇太后崩,这十二年间,并非仁宗执政,而是章献皇太后执政的。说明即使柳永"蹉跎"于这十二年间,亦与仁宗无任何瓜葛。

其实若深究一步,柳永在真宗朝与仁宗即位的前十二年间屡试不中,恐当与政治触忌有关。

柳永于仁宗亲政的第一年即景祐元年(1034)中进士,足以证明柳永早期并非"忤仁宗",反而是受仁宗沾溉无疑的,也使宋人所编造的柳永"蹉跎于仁宗朝"的虚妄之言不攻自破。

可惜好景不长,庆历二年(1042),柳永便因写了一首《醉蓬莱》(渐亭皋叶下)而得罪仁宗。首先记此事的是王辟之在《渑水燕谈录》中的记载,其次则是叶梦得在《避暑录话》中的记载:"永初为上元词,有'乐府两籍神仙,梨园四部弦管'之句,传禁中,多称之。后因秋晚张乐,有使作《醉蓬莱》词以献,语不称旨,仁宗亦疑有欲为之地者,因置不问。"

大约庆历二年正月写的上元词传入禁中，同年秋写了《醉蓬莱》，年底即被贬出京赴苏州了。

值得注意的是，一贯善于在词中赞颂美人的柳永，这期间却写了《西施》(苎罗妖艳世难偕)，体认了"美人祸水"的观点，尤其是《斗百花》(飒飒霜飘鸳瓦)，竟用了古代文人惯用而柳永罕用的"香草美人"格，来寄托君臣遇合与离异。词用汉武帝陈皇后与汉成帝班婕妤典，其用意是既隐曲而又显豁的。很明显，柳永在此以陈皇后与班婕妤自况，谓自己当初不该"辞辇"离开汴京，希望得到皇帝重新重用，然而却"鸾辂音尘远"，即使"寄情纨扇"也难以改变"稀复进见"之命运。这是柳词中唯一一首心酸至极的词。

至于柳永卒年，自唐圭璋断为皇祐五年(1053)之后，学者们就囿于唐说，其实完全可另换一个角度去思考。谢维新《古今合璧事类备要》有这样的记载："范蜀公(即范镇)少与柳耆卿同年，爱其才美，闻作乐章，叹曰：'谬其用心。'谢事之后，亲旧间盛唱柳词，复叹曰：'仁庙四十二年太平，吾身为史官二十年，不能赞述，而耆卿能尽形容之。'"范镇为宝元元年(1038)吕溱榜进士，所谓"与柳耆卿同年"者误。但按范镇所言，柳永是卒在仁宗朝之后的。与柳永同为福建人而稍后于柳永的黄裳，在其《演山集》卷三五《书乐章集后》中也说："予观柳氏《乐章》，喜其能道熹(应是"嘉"字之形误)祐中太平景象。"嘉祐是仁宗最后一个年号，也是包括了整个仁宗一朝的。范镇与黄裳的话，足给人以启发，说明柳永活到了英宗乃至神宗朝，不是不可能的。

柳永晚期仕途不济，但对宋词的贡献却极大。北宋词坛是柳永之天下，即使到了南宋，崇柳、学柳亦成为一种风气，柳词之风靡于宋，盖莫能与之比者。他的词，得到了上自皇帝下至市井细民的一致喜爱，"凡有井水饮处，即能歌柳词"就是明证。喜爱之不足，还加以"捍卫"。徐度《却扫编》有这样一条记载："刘季高侍郎，宣和间尝饭于相国寺之智海院，因谈歌词，力诋柳氏，旁若无人者。有老宦者闻之默然而起，徐取纸笔跪于季高之前，请曰：'子以柳词为不佳者，盍自为一篇示我乎？'刘默然无以应，而后知稠人广众中，慎不可有所臧否也。"足见整个北宋是柳词的天下，时代创造了他，他也创造了一个时代。

最先对柳词作出评价的是苏轼，他在《与鲜于子骏三首》其二中提出了"柳七郎风味"的命题，代表了宋人对柳词的最高评价。李清照《词论》就是对"柳七郎风味"的具体阐发，她历数北宋各家，谓其有"破碎何足名家"者，有"句读不葺之诗"者，有"往往不协音律者"，有"人必绝倒"者，有"苦无铺叙"者，有"苦少典重"者，有"少故实"者，有"多疵病"者，唯独肯定柳永，认为"逮至本朝，礼乐文武大备，又涵养百余年，始有柳屯田永者，变旧声，作新声，出《乐章集》，大得声称于世"。生当南宋的苕溪渔隐盖不懂"柳七郎风味"为何物，以为李清照所言为英雄欺人之语，乃强作解人耳。

所谓"柳七郎风味"，李清照首先提到的是"变旧声，作新声"，柳永就是第一个"变旧声，作新声"的词人。遍检《乐章集》，旧调翻新、原无柳有者俯拾即是,至如同调易宫换羽而字数多寡者又所在多有。即此而论,柳永对两宋词坛之贡献,可谓首屈一指,独一无二。仅以宫调而言,唐宋教坊共十八宫调,而柳词中即用十七宫调。至于曲名,柳词中共用了百六十七曲,其中除三首《倾杯乐》与一首《法曲献仙音》外,其余百四十六曲为宋教坊曲中所无。而在这百六十七曲中,除常见的如《西江月》《临江仙》《玉楼春》《少年游》《鹊桥仙》等二十七调外,其余一百四十七调全是柳永自制或首用的[1]。

　　所谓“柳七郎风味”,还有一个更为重要的平侧(仄)、五音(按:指宫、商、角、徵、羽。其实五音之外,还有变宫、变徵,合谓之七均。但变宫、变徵旋生旋灭,实际上是悬着的)、五声(按:指阴、阳、上、去、入)、六律(按:指黄钟、太蔟、姑洗、蕤宾、夷则、无射。实际上还有六吕:林钟、仲吕、夹钟、大吕、应钟、南吕,合称十二律吕)、清(清音)、浊(浊音)、轻(轻音)、重(重音)的问题。词被称为“倚声”之学,脱离开这些问题,就无所谓新声了。李清照所以遍指群公瑕疵,就是完全按照这个标准来要求的。词当然也讲平仄,但词的平仄,基本上是根据诗的平仄变化而来。对词来说,除了符合平仄之外,更为重要的是要符合五音、五声、十二律吕与清、浊、轻、重,否则就无法依声而歌,勉强而歌不是拗声就是变音,所以李清照才说“本押仄声韵,如押上声则协,如押

---

[1]　详见《柳永别传》考证。

入声则不可歌矣"。故从文学角度来说知词者多,而从依声角度来说的确知词者少。刘克庄在其《后村集》卷九《答梁文杓》诗中云:"柳永词堪腔里唱,刘乂诗自胆中来。"正从反面说明,有些人的词是"不堪腔里唱"的,因而李清照才批评说"破碎何足名家"、"句读不葺之诗"等等。从这个角度来说,宋词之有柳,若唐诗之有杜,是无人能代替的。

宋人对"柳七郎风味"的赞美,除了"变旧声,作新声","腔里唱"之外,还在于其词的典雅文章。赵令畤《侯鲭录》:"东坡云:世言柳耆卿曲俗,非也。如《八声甘州》云:'霜风凄紧,关河冷落,残照当楼。'此语于诗句,不减唐人高处。'"稍后于苏轼的黄裳,竟谓观柳词"如观杜甫诗,典雅文华,无所不有"。苏、黄都是文坛高手,也都是词坛大家,作为后学,他们对柳不仅佩服得五体投地,而且以柳为师。生当南北宋之交的王灼,虽然处处扬苏抑柳,但却也在其《碧鸡漫志》卷二中客观地透露出北宋崇柳的事实:"前辈云:《离骚》寂寞千年后,《戚氏》凄凉一曲终。'《戚氏》,柳所作也。"也就是说,北宋人已将《戚氏》与《离骚》相提并论了。及至南宋,项平斋又将柳永与杜甫并提。宋张端义《贵耳集》卷上云:"项平斋自号江陵病叟。余侍先君往荆南,所训学诗当学杜诗,学词当学柳词。扣其所云,'杜诗、柳词皆无表德,只是实说'。"这说明北宋及南北宋之交学柳已成为一种风气,这大约是不争的事实。至如王灼所谓"不知书者,尤好耆卿"则更是一种偏见,实际上唯其知书,学柳方能到家,因为在北宋,学柳最成功的当数苏轼与周邦彦。苏轼学柳，拙著《东坡词编年笺证·论苏东坡及其词》已作过探讨，此不赘。袁行霈主编之《中国文学史》亦云："作为第一位对宋词进行全面改革的大词人，对后来词人影响甚大。……即使是苏轼、黄庭坚、秦观、周邦彦等著名词人，也无不受惠于柳永。""周（邦彦）词的章法结构，主要是从柳永词变化而来。"当然，善食者食其窬脍，不善食者食其皮毛，即使播下龙种，有时也会收获跳蚤，那不是应该让柳永负责的。

不惟如此，"变旧声作新声"的另一重含义，则是慢词的大量制作。当然慢词远不自柳永始，然在五代及宋初，还是小令的天下，慢词尚不多见，未能衍为巨波。唯至柳永，始以慢词为本，小令倒在其次。一部《乐章集》，现存词二百一十六阕，即有一百一十阕为长调，居柳词太半，这在宋代词人中是罕见的。

形式的解放，就意味着内容的解放。与大量制作慢词相适应的，即柳词对内容疆土的开拓。柳永之前，词多为"应歌"之作，尚鲜有"应社"者。周济《介存斋论词杂著》尝云："北宋有无谓之词以应歌，南宋有无谓之词以应社。"在北宋，开"应社"风气之先者，当首推柳永。观其《乐章集》，皇家词、赠人词几占十之一。他如游仙，在诗早已司空见惯，在词却柳永之前乏人，其后也鲜有作者。至如羁旅行役之作，在《花间》已有先例，然至柳永始蔚为大观，且超过前人成为柳词一绝。此外，举凡歌舞、宴饮、赠妓、离情、怀古、咏物、御楼肆赦、皇帝生日、祓禊御宴等等，柳词无所不及。只有柳永，才看到什么就写什么，想到什么就写什么。从这个角度来说，在北宋，只有柳词才给我们提供了最为广阔的社会生活画面。杜诗中有"史"，柳词中又何尝无"史"？

柳词也涉及到雅俗之变。柳词雅俗并陈，这是事实。然由宋迄清，词家多病其俗而赞其雅，却是传统的偏见。更有甚者，病其俗而无视其雅，赞其雅而无视其俗，直置事实于不顾。前引东坡与黄裳语，只赞其雅而否定其俗，王灼谓其"浅近卑俗"，胡仔、黄升谓其"多近俚俗"，就是两个极端。

雅俗本为二途，雅者凝重蕴藉，俗者浅近清新，尺有所短，寸有所长，未可轩轾。宜在雅不厌俗，俗不伤雅，方为神品。故大家多二者兼之。柳词凡产生于西楼南瓦、羁旅行役之间者多"骫骳从俗，天下咏之"，"凡有井水饮处，即能歌柳词"，这是他成功的重要原因，也是他久享盛名的重要原因。《乐章集》中那些成功之作，多是以俗为骨，以雅为神之作。即如被称为柳词压卷之作的《雨霖铃》（寒蝉凄切），俗是俗到家了，然又何不雅？曾被苏轼盛赞为"唐人佳处，不过如此"的《八声甘州》（对潇潇暮雨洒江天），可谓雅极，然又何不俗？还有一些以俗为本，俗不伤雅之作，如《采莲令》（月华收）、《凤栖梧》（独倚危楼风细细）、《留客住》（偶登眺）、《戚氏》（晚秋天）等等，这在柳词中占有相当大的比重。再次者为俗而寡味之作，这在柳词中亦不在少数，此不赘。柳词以俗为成名之阶梯，亦以俗为败名之陷阱。从俗，他胜利了；媚俗，他又失败了；媚俗到了极点，就成为庸俗、卑俗乃至淫亵。故尝为柳永辩的周济也深为柳永惜,在其《介存斋论词杂著》中云:"耆卿乐府多,故恶滥可笑者多。使其能珍重下笔,则北宋高手也。"

提起柳词风格,大家会自然想到柔媚。这当然没有错,尤其是一些爱情词与妓女词是如此。但凡大家之作,其风格总是多样化的。总体观察,只要脱离了偎红倚翠的题材,柳词的风格就显出多姿多彩的景象。如《雨霖铃》(寒蝉凄切)之森秀,《八声甘州》(对潇潇暮雨洒江天)之清隽,《望海潮》(东南形胜)之俊迈,《定风波》(伫立长堤)之淡雅,《巫山一段云》五首之飘逸,《鹤冲天》(黄金榜上)之豪爽,《戚氏》(晚秋天)之苍凉,《一寸金》(井络天开)之雄健,《早梅芳》(海霞红)之奇峭,等等,不一而足。

至若柳氏家法(艺术手法),宋人即有赞之者,而以清人为盛,近人郑文焯为最。郑氏在手校石莲庵刻本《乐章集》卷首总评曰:"耆卿词以属景切情,绸缪宛转,百变不穷,自是北宋倚声家妍手。其骨气高健,神韵疏宕,实惟清真能与颉颃。盖自南唐二主及正中后,得词体之正者,独《乐章集》可谓专诣已。""柳词浑妙深美处,全在景中人,人中意,而往复回应,又能寄托清远,达之眼前,不嫌凌杂。诚如化人城郭,惟见非烟非雾光景,殆一片神行,虚灵四荡,不可以迹象求之也。"誉之太过,则胜于毁。郑氏欲为耆卿功臣,实坏柳家门墙。所谓"绸缪宛转"、"神韵疏宕"、"浑妙深美"、"寄托清远"、"虚灵四荡"等等,根本与柳词无涉,且恰好相反,柳词之胜,正在于以赋为词、善于写景叙事与明白家常而已。若论柳氏家法，舍此三者而旁求，究属隔靴挠痒。

以赋为词是"变旧声作新声"的需要，慢词的体制，给赋以用武之地，而在小令中却是难以驰骋挥戈的。周济谓其"铺叙委婉，言近意远，森秀幽淡之气在骨"[1]，夏敬观谓其"用六朝小品文赋作法，层层铺叙"[2]，可谓要言不烦。赋作为文体，要求"铺采摛文"；作为表现手法，要求直陈其事，这二者都在柳词的"铺叙委婉"中找到了契机。观柳词，或纵向，或横向，或逆向，层次铺展，又每于开端、换头、结尾处一笔勾勒，使全词一气贯穿，浑然一体。这正是柳词的看家本领，在两宋词坛是独为翘楚的。但赋若不参以比兴，则少寄托，欠含蓄，这正是柳词长中之短。故读柳词，常觉一泻无余，却难于流连忘返。自清人张惠言专讲寄托以来，其后学每于柳词中找寄托，实类痴人说梦。郑文焯谓其"寄托清远"，更近于以谀为誉。

以赋为词，必然长于叙写。柳词每以善于叙事写景取誉于当时与后世，连对柳词抱偏见的王灼，也不得不谓其"叙事闲暇，有首有尾"，清人冯煦《宋六十一家词选·例言》谓其"状难状之景，达难达之情"，刘熙载《艺概·词曲概》谓其"善于叙事，有过前人"。盖柳词常即事而发，由景而入，事以景繁，情以景见，幽思曲想，自在其中。故读柳词，如闲窗月下，对床夜语，感人在喁喁家常，终乏跌宕震撼。语巧则

1　见《介存斋论词杂著》。
2　夏敬观手批《乐章集》。

纤,语粗则浅,柳永不失于粗而失于纤,宜乎东坡以其气格为病。

明白家常,也是柳词的绝诣。刘熙载在《艺概·词曲概》赞柳词"细密而妥溜,明白而家常",并以之比于白香山。但柳词终嫌细密妥溜有余,而疏朗开合不足,明白家常词坛倒不可缺此一席。本色是出色所使然,明白家常到了极致,就由艳而淡了。柳词之佳作,皆可作如是观。不过也有些词明白如话却淡而无味,当另作别论。

所谓"柳氏家法",大而言之,盖此数端。且柳词变化无多,造语常有雷同重复处,一语而三四见者亦不在少数。各类词中,其结尾往往相似,如羁旅行役词往往结在思念佳人,赠人词往往结在望人高升。一部《乐章集》,许多上乘之作,却常常为此种"柳尾"所害,岂不惜哉!

中华书局要出一套诗词选本,嘱我作《柳永词》。我根据耳熟能详的原则,各类词都选了一些,编排上大体按时间先后排列,以见柳永其人其词的变化。其中《柳初新》(东郊向晓星杓亚)以上为出仕前之作,《黄莺儿》(园林晴昼春谁主)以上为出仕后之作,以下为作年莫考之作。注释力求简明扼要,评析力求要言不烦。当然由于水平有限,不当之处在所难免,敬希读者指正。

薛瑞生
癸巳仲夏于西北大学蜗居轩

目　录

凤栖梧

　　帘内清歌帘外宴[1]。虽爱新声[2]，不见如花面。牙板数敲珠一串[3]，梁尘暗落琉璃盏[4]。　　桐树花声孤凤怨[5]。渐遏遥天，不放行云散[6]。座上少年听未惯[7]。玉山将倒肠先断[8]。

　　《凤栖梧》即《蝶恋花》，本唐教坊曲名，后作为词调名，《乐章集》注小石调，是教坊十八调之一。

　　据清毛先舒《填词名解》，调名多取自诗句，此调名取自南朝梁简文帝乐府"翻阶蛱蝶恋花情"句。

　　柳永词多写实，此词中有"座上少年听未惯"句，足见作于太宗淳化四年(993)至真宗咸平三年(1000)七至十四岁时。

　　此词为咏妓词，写歌妓之美与歌声之美，次第写来，虚实相间，连连用典，意在典中，一丝不紊。

　　写歌者之美用虚写手法，给读者提供了丰富的想象空间。

　　写歌声之美，则连用典，并以"珠一串"喻之。

　　结二句又用听者的反应衬歌声之美。中著以"孤凤怨"，则歌者之情自在其中。

　　按，本词一说为欧阳修作。

1　"帘内"句：按宋人习俗，凡家姬清歌佐酒者，必用帘子隔断，故云。

2　新声：指新作的乐曲。词自产生之日起，即依一定的曲调填词而唱，谓之"依声"。

3　牙板：歌女演唱时用以拍节之板，有以竹木为之者，有以檀木为之者，亦有以象牙为之者。珠一串，形容歌声清脆，如一串珠子落在玉盘上。

4　"梁尘"句：形容歌声嘹亮，可以吹动梁上之尘。琉璃盏，谓琉璃做的酒杯。

5　"桐树"句：意谓歌声如孤凤之哀怨。俗传凤凰乃祥鸟，羽毛五色，声如箫乐。梧桐乃凤凰所栖之佳木。又，有鸟于暮春常栖于桐花之上，名曰桐花凤。此处词人以凤凰之鸣声，喻歌女歌声之美；又以桐花凤见桐花而来花落则去，喻歌女色美则以歌声娱人，色衰则漂泊流落的悲惨命运。

6　"渐遏"二句：形容歌声嘹亮可遏止天上的行云。

7　座上少年：作者自谓。

8　"玉山"句：谓听歌者被歌声所感动。玉山，喻男子仪态之美。肠先断，喻歌声感人之深。

玉女摇仙佩

飞琼伴侣[1]，偶别珠宫[2]，未返神仙行缀[3]。取次梳妆[4]，寻常言语，有得几多姝丽[5]。拟把名花比。恐旁人笑我，谈何容易[6]。细思算、奇葩艳卉，惟是深红浅白而已[7]。争如这多情[8]，占得人间，千娇百媚。　　须信画堂绣阁，皓月清风，忍把光阴轻弃。自古及今，佳人才子，少得当年双美[9]。且恁相偎倚。未消得、怜我多才多艺[10]。愿奶奶、兰心蕙性[11]，枕前言下，表余心意。为盟誓。今生断不孤鸳被。

《玉女摇仙佩》，柳永自制曲名，因词咏其妻之美丽，又用许飞琼典，故名。《乐章集》注正宫调。

柳永十五岁成婚，其妻子美丽非凡，柳词中常常咏及，此首约作于咸平四年（1001）至六年（1003），亦即婚后三年内。

词用赋体，上片写妻子之美丽。以仙女比美女，此亦诗家之常法，然柳永却谓"偶别珠宫，未返神仙行缀"，即翻出新意。"取次"三句写其妻"艳极而淡"之美，"拟把"五句虽较李白"云想衣裳花想容"有雅俗之别，却亦见其翻旧为新之妙。

　　下片抒情,将夫妻琴瑟和谐写到十分,"未消得"四句写其艳情,亦艳亦真。"为盟誓"二句愿永不分离,实则亦透露出其间的龃龉,因为情至真时是无须发誓的,到发誓时即亦见其裂痕矣。

1　飞琼:即许飞琼,仙女,西王母侍者。西王母及其侍女许飞琼,本为神仙品流,但至唐宋时,已成为文人笔下美人的典型,或代指所欢,或代指妻子,此例颇多。从全词描写看,柳永乃以许飞琼比其原配妻子。

2　珠宫:神仙所居之宫。

3　行缀:连结成行。

4　取次:随便,草草。

5　几多姝(shū)丽:意谓说不完的漂亮。姝,美丽。

6　"拟把"三句:意谓想用名花来比喻妻子之美,又恐怕惹起别人耻笑。

7　"细思算"二句:意谓即便是那些奇葩艳卉,也不过是深红浅白而已,哪能比得上妻子的漂亮呢?

8　争如:怎如。

9　当年:谓青年、壮年。

10　消得:抵得,值得,配得。

11　奶奶:亦作"妳妳",对已婚妇人之尊称与昵称。

雨霖铃

寒蝉凄切[1]。对长亭晚[2]，骤雨初歇。都门帐饮无绪[3]，留恋处、兰舟催发[4]。执手相看泪眼，竟无语凝噎[5]。念去去、千里烟波，暮霭沉沉楚天阔[6]。　　多情自古伤离别，更那堪、冷落清秋节。今宵酒醒何处，杨柳岸、晓风残月[7]。此去经年[8]，应是良辰、好景虚设。便纵有、千种风情，更与何人说。

《雨霖铃》，《乐章集》注双调。本唐教坊曲名，《明皇杂录》谓："帝（唐玄宗）幸蜀，初入斜谷，霖雨弥日，栈道中闻铃声，采其声为《雨霖铃》曲。"柳永盖借旧曲另倚新声耳。

柳永之妻非常美丽，但却因"恣性灵、忒煞些儿"，二人感情遂发生龃龉，柳永便于婚后第三年即咸平六年（1003）十七岁时，以"以文会友"的名义远游江浙两湖，此词即写于此次远游在汴京东水门分别时。

此阕为柳词中名篇，写与妻子别情，尽情展衍，备足无余，浑厚绵密，森秀淡远，兼而有之；且能于曲折委婉中具浑沦之气，清宋翔凤所谓柳词多"精金粹玉"者盖以此。

就写法而言，破上景下情之常则，情景交融，情景难分。

　　上片写别情，从实处落笔；下片写别后，于设想着色，有点有染，点染之间，一气贯穿。

　　通篇语不求奇而意致娴雅，难怪代代读者一读一销魂耳。

1　寒蝉：蝉的一种，亦名寒蜩（tiáo）、寒螿（jiāng）。《礼记·月令》："孟秋之月，寒蜩鸣。"据此知此词写七月之景。

2　对长亭：对，面对，为领字，领起以下六句。长亭，古代于道路旁，每隔十里设一长亭，五里设一短亭，供旅人休息，近城者则为送别之所。

3　"都门"句：谓于京都东水门外设帐饯别，因伤别而情绪不好。帐饮，谓于郊野设帷帐，饮宴饯别。

4　"留恋"句：谓正在恋恋不舍时，船夫却催着出发。兰舟，言舟之华贵。

5　凝噎：喉中因气结而说不出话。

6　"念去去"二句：此二句为设想之语，设想别后情景。念，思量，为领字，领起以下二句。去去，越去越远。暮霭，即暮色。沉沉，谓厚重。楚天，一般指湖南。柳永曾于庆历三年（1043）至湖南道州为官，但为从益州去湖南，与此处写汴京饯别不侔。楚天亦可指安徽与江浙一带，因安徽与江浙一带有东楚之称。

7　"今宵"句：为设想语，设想酒醒之处，在"杨柳岸晓风残月"间。五代前蜀魏承班《渔歌子》:"梦魂惊,钟漏歇,窗外晓莺残月。"柳词从魏词化出,然改"莺"为"风",则情境自别。

8 经年:经过一年又一年。此次远别前后四年,故云。

倾杯乐

离宴殷勤，兰舟凝滞，看看送行南浦[1]。情知道世上[2]，难使皓月长圆，彩云镇聚[3]。算人生、悲莫悲于轻别，最苦正欢娱，便分鸳侣。泪流琼脸，梨花一枝春带雨[4]。　　惨黛蛾[5]、盈盈无绪[6]。共黯然消魂[7]，重携素手，话别临行，犹自再三、问道君须去。频耳畔低语[8]。知多少、他日深盟，平生丹素[9]。从今尽把凭鳞羽[10]。

―――

《倾杯乐》，又作《倾杯》，本为唐教坊曲名，唐段安节《乐府杂录》云："《倾杯乐》，宣宗 (李忱) 喜欢吹芦管，自制此曲。"

见于《宋史·乐志》者二十七宫调，柳永《乐章集》即有七调。

此词《乐章集》注林钟商，俗呼歇指调。

此词与上阕写于同时，可作为《雨霖铃》之副歌目之。区别仅在于前者从双方着笔，后者重点写送别者。

词全用赋体，左旋右旋，于喁喁絮语中见其情真意切。

首三句即将"别时容易见时难"之情活脱纸上，"情知道"三句从对面飞来，于无奈中见痴情，"算人生"三句又一翻转，其"最苦"可知。

"共黯然"五句写少年夫妻之难别,传神阿堵,全在"君须去"三字的"耳畔低语"中。

因故而别,不得不别,明知非别不可却又故问,其回肠百结之情毕现。

1　南浦:本谓南面的水边,后常指送别之地。

2　情知道:明知道,早知道。陕西方言,至今仍用。

3　彩云镇聚:意谓情人常聚。彩云,本谓仙人所驾之云,后用以借指情人远去。镇聚,长聚。

4　"泪流"两句:谓泪流在琼玉般鲜嫩的脸上,好像春雨洒在洁白的梨花上一样。化用白居易《长恨歌》诗句:"玉容寂寞泪阑干,梨花一枝春带雨。"琼,形容肤色白嫩如琼玉。

5　惨黛蛾:谓因惜别而皱起眉头。黛蛾,眉毛黑而细长,喻其眉毛之美。

6　盈盈:本谓水之清澈,此处谓泪水晶莹。

7　黯然消魂:沮丧伤心貌。

8　"犹自"二句:为"频耳畔低语,犹自再三、问道君须去"之倒装。

9　丹素:赤诚的情素。

10　鳞羽:谓鱼雁。因有鱼雁传书之说,故云。

倾　杯

　　金风淡荡[1]，渐秋光老、清宵永[2]。小院新晴天气，轻烟乍敛[3]，皓月当轩练净[4]。对千里寒光，念幽期阻[5]、当残景。早是多愁多病。那堪细把，旧约前欢重省。　　最苦碧云信断[6]，仙乡路杳[7]，归雁难倩[8]。每高歌、强遣离怀[9]，奈惨咽、翻成心耿耿[10]。漏残露冷[11]。空赢得、悄悄无言，愁绪终难整[12]。又是立尽，梧桐碎影[13]。

　　词仅写秋思，未见欲归之意，当写于少年远游深秋初到南国时，具体地点，未可详考。

　　首五句写景如画，正是李白"床前明月光，疑是地上霜。举头望明月，低头思故乡"的意境。

　　幽期既阻，故始有"那堪"两句沉痛语，含不尽之情，正所谓"欲说还休"者。情之难尽，则回旋反复。

　　此下片所以蹊径独辟，而又层层紧逼，极尽一波三折之致。

　　"又是"二句化用前人语，却加以"又是"二字，不惟翻出新意，且更进一层，殊觉隽永。

1　金风 : 秋风。

2　清宵永 : 清静的夜晚很长。

3　轻烟乍敛 : 新晴后淡淡的雾气刚刚收敛。轻烟,淡淡的
　雾气。

4　皓月当轩练净 : 明月临窗,有如素练般白净。

5　幽期 : 本指男女间的幽会,此谓夫妻幽会。

6　碧云信断 : 地处远方的妻子音信断绝。碧云,碧空中的云。
　因碧空高且远,故用以喻远方或天边,多用以表达离情别绪。

7　仙乡路杳(yǎo) : 谓妻子所在之地与自己相隔遥远。仙
　乡,借称所爱者的居处,此处谓妻子居地,即汴京。路杳,路途
　遥远。

8　归雁难倩(qiàn) : 意谓谁能将自己思念妻子的书信捎回去
　呢? 古时官方文书往来由驿站邮递,私人信件只能靠人捎传,
　故云。倩,请,恳求。

9　"每高歌"句 : 谓每逢登高而沉吟,只是勉强排遣离愁别绪
　而已。

10　"奈惨咽(yè)"句 : 承上句,谓本来"高歌"是为了排遣离
　怀,谁知没奈何,竟然悲伤得说不出话来,思念之情反而耿耿
　难释。惨咽,因悲惨而声咽气堵,说不出话。

11　漏残 : 意谓天将明。漏,古时之计时器。漏残,即漏声残,
　计时器里的水快要滴完了。

12　难整:难理。

13　"又是"二句:吕嵒《梧桐影》:"落日斜,秋风冷,今夜故人来不来,教人立尽梧桐影。"

驻马听

凤枕鸾帷[1]。二三载、如鱼似水相知。良天好景，深怜多爱，无非尽意依随[2]。奈何伊。恣性灵、忒煞些儿[3]。无事孜煎[4]，万回千度，怎忍分离[5]。　　而今渐行渐远，渐觉虽悔难追[6]。漫恁寄消寄息[7]，终久奚为[8]。也拟重论缱绻[9]，争奈翻覆思维[10]。纵再会，只恐恩情，难似当时。

《驻马听》，《乐章集》注林钟商，为柳永自制曲。词既谓"而今渐行渐远"，已点明写于远游途中。然此词非一般行人之思家，所反映之内容很多，颇启人思。

词谓"凤枕鸾帷。二三载、如鱼似水相知"，点明柳永此次远游，在其婚后"二三载"。三年少年夫妻，其感情则"如鱼似水相知"，可谓琴瑟和谐。但在这三年间，柳永对妻子是"尽意依随"；而妻子对柳永则"恣性灵、忒煞些儿。无事孜煎"。"而今"四句，意谓既然你当初放纵性情，如今我已离开，即使追悔，又不断寄信来，又有什么用处呢？

看来柳永与妻子确曾有过感情裂痕，至于这裂痕是否如此词所说，乃纯粹因妻子"恣性灵、忒煞些儿。无事孜煎"，抑或是柳永在妓女丛中厮混太甚而引起妻子不满，未能确知。

从词中考察，这次裂痕恐已非浅，因词又谓"也拟重论缱绻，争奈翻覆思维。纵再会，只恐恩情，难似当时"。据此词可知，柳永南游钱塘，虽系"以文会友"，但亦与跟妻子感情不和有关。

洗尽铅华方见媚，明白家常，亦为柳词之绝诣。

上阕写婚后由夫妻琴瑟和谐到不得不分离的变化过程，平直中却也一波三折。

下阕写远游途中对妻子的思念，有追悔莫及之感，有破镜重圆之意，亦有"难似当时"之虑。

全词如喁喁絮语，于反反复复之中，将夫妻闹矛盾后欲续旧好的复杂感情完全展现纸上。

1　凤枕鸾帷：谓夫妻和谐。鸾凤，喻夫妻。

2　依随：谓言从意随。

3　"恣性灵"句：放纵性情太甚了点。忒煞，太甚。些儿，少许，一点点。些些、些子儿，意同此。

4　孜煎：愁苦、烦闷。

5　"万回"二句：此二句中间有省略，意谓若不是你万回千度、没完没了地闹下去，我怎忍与你分离呢？

6　虽悔难追：盖指夫妻双方而言，谓分离之后都有点后悔。

7　漫恁寄消息：谓分离之后，却如此频频寄书信来。漫，多，频频。

8　终久奚为:终究有什么办法呢? 意谓于事无补。奚为,何为,没有办法。

9　缱绻:缠绵,难舍难分,谓夫妻感情和好。

10　争奈:怎奈。

夜半乐

冻云黯淡天气[1]，扁舟一叶[2]，乘兴离江渚。渡万壑千岩，越溪深处[3]。怒涛渐息，樵风乍起[4]，更闻商旅相呼[5]，片帆高举。泛画鹢[6]、翩翩过南浦[7]。　　望中酒旆闪闪[8]，一簇烟村[9]，数行霜树。残日下，渔人鸣榔归去[10]。败荷零落，衰杨掩映，岸边两两三三，浣纱游女。避行客、含羞笑相语。　　到此因念，绣阁轻抛，浪萍难驻[11]。叹后约、丁宁竟何据[12]。惨离怀、空恨岁晚归期阻。凝泪眼、杳杳神京路[13]。断鸿声远长天暮[14]。

《夜半乐》，唐教坊曲名。宋王灼《碧鸡漫志》云："唐明皇自潞州还京师，夜半举兵诛韦后，制《夜半乐》、《还京乐》二曲。"柳永借旧曲另倚新声，《乐章集》注中吕调。

此词写羁旅行役中秋景，穷极工巧。观其地理景观与用事用典，则为浙江无疑。柳永出仕后曾在浙江为官，但此词无官场排场，又杂身商旅之间，乘"扁舟"，观"浣纱"，自称"行客"，当为远游至浙江时所作。

此首三片，前两片记舟行所经与舟行所见，下片抒远游之感。

　　写舟行所经则大笔濡染,笔墨凝练,既写了南下历程,即"万壑千岩";又写了当今之所在,即"越溪深处"。"怒涛"以下则宛如一幅"百舸争流"的水墨画。

　　写舟行所见皆从"望中"生发,远景翁染,近景勾勒,有色有声。"败荷"五句细针密缝,大类特写。

　　下片触景生情,语语深厚,思网千结,回肠百转,则异乡漂泊之感已满纸矣。

　　全篇跌宕有致,既疏宕浑灏,又铺叙绵密。

1　冻云:严冬之云。

2　扁舟:指小船。

3　越溪:越地之溪,此处当谓若耶溪,溪在浙江绍兴南若耶山下,即西施浣纱处,故亦名浣纱溪。

4　樵风:顺风。不少选本乃至名家之选本均释"樵风"为"山风",误。从上下文看,正因"怒涛渐息",顺风突然而起,才有"商旅相呼",才有"片帆高举"。若释为"山风",则与上下文毫无关联。《后汉书》卷三十三《郑弘传》:"郑弘字巨君,会稽山阴人也。"注引(南朝宋)孔灵符《会稽记》曰:"射的山南有白鹤山,此鹤为仙人取箭。汉太尉郑弘尝采薪,得一遗箭,顷有人觅,弘还之,问何所欲,弘识其神人也,曰:'常患若耶溪载薪为难,愿旦南风,暮北风。'后果然。故若耶溪风至今犹然,呼为'郑公风'也。"郑公风亦称樵风,并名其地为樵风泾,后世以樵风为顺风。

5　商旅:行商。

6　画鹢(yì):指画有鹢的船。《淮南子·本经训》:"龙舟鹢首,浮吹以娱。"高诱注:"鹢,大鸟也。画其像着船头,故曰鹢首。"后以鹢首为船的别称。

7　翩翩:船行轻急貌。

8　酒旆(pèi):以杂色翅尾饰边的酒旗。

9　一簇烟村:谓点点落落为烟雾笼罩的村庄。

10　鸣榔:榔,亦作"桹",船后横木,近仓。渔人择水深鱼潜处引舟环聚,各以二椎击榔,声如击鼓,鱼闻皆伏不动,渔人用此法捕鱼,或为歌声之节。

11　浪萍难驻:谓行踪无定,却又不能驻足不前。

12　丁宁:今通作"叮咛"。

13　杳杳:悠远渺茫。

14　断鸿:失群的孤雁,其叫声凄切。

斗百花

　　煦色韶光明媚[1]，轻霭低笼芳树[2]。池塘浅蘸烟芜[3]，帘幕闲垂风絮[4]。春困厌厌，抛掷斗草工夫，冷落踏青心绪。终日扃朱户[5]。　　远恨绵绵[6]，淑景迟迟难度[7]。年少傅粉，依前醉眠何处[8]。深院无人，黄昏乍拆秋千，空锁满庭花雨[9]。

　　《斗百花》，柳永自制曲，《乐章集》注正宫。

　　此词为代春闺怨体，当作于少年远游江浙时之第二年即景德元年（1004）春。

　　通首极尽开合顿挫之致。前四句写美丽春景，亦隐隐约约透露出思妇无心打扮之闲懒情绪。"春困"四句状春闺娇慵之态，语似离而绪实合。

　　下片宕开一笔写怀人念远，至"淑景"句，又离而复合。"年少"二句又作宕开之笔，写思妇想象游子醉眠之处。至结三句又回到思妇之无心秋千之戏。

　　全篇写景疏朗，摹写思妇情状逼真，宜乎清先著、程洪《词洁辑评》谓其"匀稳工整，在柳词亦是上乘"。

1 煦色：和煦的春色。

2 轻霭：淡淡的雾霭。

3 "池塘"句：此句为"烟芜浅蘸池塘"之倒装，意谓池塘边上为轻雾笼罩着的青草，几乎蘸到水面。

4 "帘幕"句：谓柳絮飘扬，闲散地落在了帘幕上。帘幕，用于门窗上的帘子与帷幕。

5 "终日"句：整天关闭着门闷睡。扃（jiǒng），关闭。

6 远恨：此从思妇着眼，指对远游人的怨恨。

7 "淑景"句：意谓度日如年。淑景，指日影。景，音义均同"影"。淑景迟迟，谓日影移得很慢。

8 "年少"二句：此二句为估量之词，意谓那位薄情的如意郎君，不知现在又醉眠在什么地方。傅粉，指肤色很白。此处意谓如意郎君。

9 花雨：花落如雨。

定风波慢

自春来、惨绿愁红[1]，芳心是事可可[2]。日上花梢，莺穿柳带，犹压香衾卧。暖酥消[3]，腻云嚲[4]。终日厌厌倦梳裹[5]。无那[6]。恨薄情一去，音书无个[7]。　　早知恁么[8]。悔当初、不把雕鞍锁。向鸡窗[9]、只与蛮笺象管[10]，拘束教吟课[11]。镇相随[12]，莫抛躲。针线闲拈伴伊坐[13]。和我。免使年少，光阴虚过。

《定风波慢》，《乐章集》注林钟商，为柳永自制曲，与唐教坊曲《定风波》不同。唐教坊曲《定风波》六十二字，前片五句三平韵，后片六句四仄韵。此词则九十九字，前片十一句六仄韵，后片十句七仄韵。

从此阕"代闺怨"所抒之情来观察，与前词谓其妻"虽悔难追"之情态是一致的，当写于远游之第二年即景德元年（1004）春。

全词在铺叙中抒情，一泻直下。思妇之没精打采，懒睡慵妆，直逼出"无那"三句脱口而出，是恨极语，是爱极语，也是点睛之笔。

下片写思妇之追悔，又一波三折，惟妙惟肖地活画出思妇愿与夫婿常相厮守之真实心态。

郑文焯谓此词"喁喁如儿女私语,意致如抽丝千万绪",诚知者言。

1　惨绿愁红:见绿即惨,见红亦愁,谓春愁。

2　是事可可:谓事事都漫不经心。是事,事事。可可,漫不经心貌。

3　暖酥消:温润如酥般的身体消瘦了。

4　腻云亸(duǒ):发髻也懒得梳理,任其下垂。腻云,比喻光泽的发髻。亸,下垂。

5　"终日"句:整天无精打采,懒于打扮。厌厌,懒倦无聊,无精打采。

6　无那(nuó):无奈。

7　无个:《诗词曲语辞汇释》,"个,估量某种光景之词,相当于'价'或'家'。凡少则曰'些儿个'"。

8　恁么:如此。

9　鸡窗:谓书斋、书房。《艺文类聚》卷九十一引南朝宋刘义庆《幽明录》:"晋兖州刺史沛国宋处宗尝买得一长鸣鸡,爱养甚至,恒笼着窗间。鸡遂作人语,与处宗谈论,极有言智,终日不辍。处宗因此言巧大进。"后遂以鸡窗指书斋。

10　"只与"句:谓只让他与纸笔打交道。蛮笺,高丽所出之笺,亦指蜀笺。《天中记》:"唐,中国未备,多取于外夷,故唐人诗中多用'蛮笺'字。……高丽岁贡蛮纸,书卷多用为衬。"象管,象牙制的笔管,代指笔。

11　"拘束"句:拘管住他,教他整天吟咏诵读。

12　镇相随:谓整日相跟随。镇,整日。

13　针线闲拈:谓做针线活儿。

夜半乐

艳阳天气[1]，烟细风暖，芳郊澄朗闲凝伫[2]。渐妆点亭台[3]，参差佳树。舞腰困力[4]，垂杨绿映，浅桃浓李[5]，夭夭嫩红无数[6]。度绮燕、流莺斗双语[7]。　　翠娥南陌簇簇[8]，蹑影红阴[9]，缓移娇步。抬粉面，韶容花光相妒[10]。绛绡袖举[11]。云鬟风颤[12]，半掩檀口含羞[13]，背人偷顾[14]。竞斗草、金钗笑争赌[15]。　　对此嘉景，顿觉消凝[16]，惹成愁绪。念解佩、轻盈在何处[17]。忍良时、孤负少年等闲度[18]。空望极、回首斜阳暮。叹浪萍风梗知何去。

———

此词写景、铺叙、抒情兼而有之，结用郑交甫典，始及恋情。地理景观虽不甚分明，然又谓"叹浪萍风梗知何去"，"孤负少年等闲度"，显然作于少年远游时之第二年即景德元年（1004）春。

此词共三片，上片写景，中片铺叙，下片抒情。

上片写景由大到小，由远到近，写景如画。

中片写游女盛装艳服，芳郊踏青，金钗斗草，笑语盈盈，如绮燕、流莺般引人注目。

上、中片交相辉映,构成一幅美妙绝伦的仕女游春图。

下片则缘景、缘事而发抒感慨,抒其因见仕女游春而思念家室之情。

上、中片一气呵成,浑然一体。下片则跌宕有致,又与上、中片紧相联系,词相离而绪相合。

1　艳阳:艳丽明媚,指春天。

2　"芳郊"句:意谓伫立在美丽的春景中凝望。澄朗,澄洁明朗。凝伫,伫立凝望。

3　"渐妆点"句:谓春天渐渐将亭台树木打扮一新。妆点,打扮。

4　舞腰困力:谓杨柳随风而舞,将细腰都舞困了。

5　"浅桃"句:意谓桃李深浅,十分美丽。浅、浓,相对为文。

6　"夭夭"句:夭夭,姣好貌。嫩红,浅红。

7　"度绮燕"句:谓燕莺飞来飞去鸣叫着,像互相对语。度绮燕、流莺,飞着的绮燕、流莺。斗双语,指燕与莺双双相对语。

8　"翠娥"句:谓小路上漂亮的女子一堆堆聚集在一起。翠娥,指漂亮的女子。南陌,南面的路,此为泛指,谓小路上。

9　蹑影红阴:指女子之身影在花阴中飘动。蹑,追随。红,指女子的红妆。

10 "韶容"句：谓姣女与艳花相互嫉妒对方之美。韶容，漂亮的容颜。

11 绛绡：红色绞绡。

12 云鬟风颤：高高的发髻在微风中颤抖。云鬟，高耸的环形发髻。

13 檀口：犹云朱唇。檀木色红而香，故用以形容女子之唇。

14 偷顾：偷看。

15 "竞斗草"句：谓以金钗来赌斗草。金钗，女子首饰。

16 消凝：消魂，凝神。谓因感伤而出神。

17 "念解佩"二句：谓当年曾解佩相赠的人（指其妻子）今又在何处呢？解佩，《列仙传》："郑交甫常游汉江，见二女，皆丽服华装，佩两明珠，大如鸡卵。交甫见而悦之，不知其神人也，谓其仆曰：'我欲下请其佩。'仆曰：'此间之人，皆习于辞，不得恐罹悔焉。'交甫不听，遂下与之言曰：'二女劳矣。'二女答曰：'客子有劳，妾何劳之有？'交甫曰：'橘是橙也，我盛之以笥，令附汉水，将流而下，我遵其旁挈之。知吾为不逊也，愿请子佩。'二女曰：'橘是橙也，盛之以莒，令附汉水，将流而下，我遵其旁，卷其芝而茹之。'手解其佩与交甫，交甫受而怀之。既趣而去，行数十步，视怀空无珠，二女忽不见。"轻盈，指身材轻盈。

18 孤负：今通作"辜负"。

祭天神

叹笑筵歌席轻抛亸[1]。背孤城[2]、几舍烟村停画舸[3]。更深钓叟归来[4]，数点残灯火。被连绵宿酒醺醺[5]，愁无那[6]。寂寞拥、重衾卧。　　又闻得、行客扁舟过。篷窗近，兰棹急，好梦还惊破[7]。念平生、单栖踪迹，多感情怀，到此厌厌，向晓披衣坐[8]。

《祭天神》，柳永自制曲，《乐章集》注中吕调。观其"篷窗"数句，决非官场场面，当为少年远游之第二年即景德元年（1004）春离杭州赴湖北时作。

词用情景结合手法。首三句写远离汴京，行役留宿于山野偏僻之境。"更深"二句写深夜晚景。"被连绵"四句写客中无聊，愁寂而眠。

下片首四句写客宿江边，以船为舍，行舟惊梦，情景如画。"念平生"四句感慨孤独，终宵不眠。

柳词善于写景，惟发抒感慨时，容易限于一己之私情，限制了读者的想象，引起读者之共鸣程度亦因此而受到限制，此乃其弊。

1　抛掷 (duǒ)：犹抛躲，抛闪。掷，同"躲"。

2　背孤城：离开城市。孤城，谓边远之城。

3　"几舍"句：在一个只有几户人家的山村停下船来。

4　更深，夜深。

5　"被连绵"句：谓接连不断喝得醉醺醺的，总是经宿尚未醒。连绵，接连不断。宿酒，宿醉，经宿不醒。

6　无那 (nuó)：无奈。

7　"篷窗"三句：意谓自己将船停在岸边，以船为家，暂作休息，谁知却被夜行船的桨声惊破好梦。篷窗，船窗。兰棹，棹的美称。

8　向晓：到晓。

望远行

绣帏睡起[1]。残妆浅、无绪匀红补翠[2]。藻井凝尘[3]，金阶铺藓[4]，寂寞凤楼十二[5]。风絮纷纷[6]，烟芜苒苒[7]，永日画阑，沉吟独倚[8]。望远行，南陌春残悄归骑[9]。　　凝睇[10]。消遣离愁无计。但暗掷、金钗买醉。对此好景、空饮香醪，争奈转添珠泪[11]。待伊游冶归来，故故解放翠羽，轻裙重系。见纤腰围小，信人憔悴[12]。

《望远行》，唐教坊曲名，分令词与慢词两体，令词始于韦庄，慢词始于柳永，《乐章集》注中吕调。

此词亦为代闺怨体，所代者亦为柳永之妻。此词当写于远游之第二年即景德元年（1004）暮春。

此词极尽离合反正之致。首二句看似平平，却为下文尽情展衍留足余地。"藻井"三句却忽然宕开，至"寂寞"二字又离而复合。"风絮"二句从反面飞来，紧接着写"沉吟独倚"，突现思妇无心欣赏美景的心态。"望远行"二句又作宕开之笔，写登高远望。

在作了充分铺垫之后，下片始拈出"离愁"二字，写"金钗买醉"。结五句虽化用武则天诗意,却翻旧为新,将思妇恨游子不归,盼游子快归,幻想游子归来之后悲喜交加之心态活脱纸上。

1　绣帏:绣帐,指闺房之帐。

2　"残妆"句:意谓睡起之后,留下的只是残妆剩粉,却再也无意重新打扮。匀红,谓涂脂抹粉。补翠,谓画眉。

3　"藻井"句:谓照壁前的装饰物上凝聚着尘土。藻井,一般指殿堂天花板上图画井干形装饰纹彩。此词写思妇无心打扮,亦无心收拾屋子,显然为照壁前之藻井,非谓天花板也。

4　"金阶"句:谓台阶上长满了苔藓。金阶,对台阶的美称。

5　"寂寞"句:闺房十分寂寞。凤楼,闺房。十二,即十二重,言闺房之深。

6　"风絮"句:谓柳絮在风中飘荡。

7　"烟芜"句:谓薄霭中的青芜长得十分茂盛。苒苒,茂盛。

8　"永日"二句:为"独倚画阑,永日沉吟"之倒装。写思妇心绪不宁之痴态。

9　"望远"二句:谓思妇登高远望,总希图喜出望外,会看到在春残时候远行的游子突然归来。远行,谓远行之人,即游子。悄,悄悄,意谓意想不到。

10　凝睇:凝望,望得出神。依谱,此二字应下属;依意,此二字应上属,且应在"南陌"句前。

11　"但暗掷"三句:写思妇自我排遣,默默地拿了金钗以换酒,借酒消愁,怎奈转添了许多珠泪。暗掷,默掷。金钗买醉,谓以金钗换酒。金钗,妇女头上之金饰物。金钗换酒,本自唐元稹《遣悲怀三首》诗之一:"顾我无衣搜荩箧,泥他沽酒拔金钗。"空饮,白白地饮。香醪(láo),香酒。转添,反添。

12　"待伊"五句:谓等你回来后,将裙带解了又系,系了又解,让你看看,为思念你腰围瘦了多少。故故,屡屡。翠羽,翠鸟的羽毛,妇女常用作裙上饰物。此数句用武则天《如意娘》诗意:"看朱成碧思纷纷,憔悴支离为忆君。不信比来长下泪,开箱验取石榴裙。"

凤衔杯

　　追悔当初孤深愿[1]。经年价、两成幽怨[2]。任越水吴山[3]，似屏如障堪游玩[4]。奈独自、慵抬眼[5]。　　赏烟花[6]，听弦管。图欢笑、转加肠断。更时展丹青[7]，强拈书信频频看[8]。又争似[9]、亲相见。

――――

　　《凤衔杯》，柳永自制曲，《乐章集》注大石调。

　　词既谓"经年价，两成幽怨"，当为少年远游离京之第二年即景德元年（1004）作。

　　词人谓"赏烟花，听弦管"，乃是"图欢笑"，然而却"转加肠断"，足见歌舞宴会亦无以割断对妻子之思念。"越水吴山"，则已点明远游之地是苏杭。

　　词全用抒情。情之欲极，则反言之；情之难尽，则反复言之；情之欲深，则进层言之。此词即极尽正反、反复、进层之妙。

　　首三句即表明"追悔"，使夫妻两地各含幽怨，点明题旨。以下则从正反两方面反复言之。

　　"任越水"三句从反面着笔，然而美景却无心欣赏，也是对幽怨的申说。

　　下片紧承上片而又翻出一层，反言谓强颜求欢，又转成幽怨,复归于正。

　　结三句则用进层法,层层反复,层层脱卸,既将对妻子的思念之情写得缠绵悱恻,又幽怨感人。

1　"追悔"句:后悔辜负了当初深深的愿望。孤深愿,辜负了深深的愿望。"孤"与"辜",宋人常常通用,即如此阕,一本即作"辜深愿"。

2　"经年价"句:成年分别,两人内心都郁结着离别之愁恨。经年,形容时间很长。价,语尾助词,无实意。两,谓夫妻双方。幽怨,郁结于心的愁怨。

3　越水吴山:指江浙一带地区,因其古时为吴、越之地,故称。

4　似屏如障:谓"越水吴山"好像屏风上画的一样美丽。屏、障均谓屏风,亦曰步障。

5　"奈独自"句:怎奈只身孤影,风景再好也懒得抬眼欣赏。慵,慵懒。

6　烟花:春天美景。

7　丹青:谓妻子的画像。唐杜甫《过郭代公故宅》:"迥出名臣上,丹青照台阁。"杨伦笺注:"丹青,谓画像也。"

8　"强拈"句:勤勉地拿出妻子的来信,一遍又一遍地看。强,勉力,勤勉。拈,用手搓开。

9　争似:怎似。

迷神引

红板桥头秋光暮[1]。淡月映烟方煦[2]。寒溪蘸碧，绕垂杨路[3]。重分飞，携纤手、泪如雨[4]。波急隋堤远[5]，片帆举。倏忽年华改[6]，向期阻[7]。　　时觉春残[8]，渐渐飘花絮[9]。好夕良天长孤负。洞房闲掩，小屏空[10]、无心觑。指归云，仙乡杳、在何处[11]。遥夜香衾暖，算谁与[12]。知他深深约，记得否。

《迷神引》，柳永自制曲，《乐章集》注中吕调。

柳永秋季离汴京者只有两次：一次是少年远游时，一次是庆历四年自苏州赴成都经汴京时。但庆历四年为西行，而词中谓"波急隋堤远"显然为先由汴水而东再由运河而南行之证，据此，知此词写于柳永少年远游江浙时之第二年春天。

上片回忆当初与妻子分别情况，词中"板桥"与"隋堤"并提，既谓"红板桥头秋光暮"，又谓"波急隋堤远，片帆举"，显系写初离汴京之景况，则此板桥当为实指，即汴京西六门之南门外板桥也。

观上阕词义，当为离汴京之作，时序在秋季。"淡月映烟方煦"句，已点名出发时在拂晓，又谓"重分飞，携纤手、泪如雨"，则为与佳人之别也。

　　词中所谓"重分飞，携纤手"，"指归云，仙乡杳、在何处。遥夜香衾暖，算谁与。知他深深约，记得否"等等，则均为对其妻而发矣。

　　然既南行，则当自汴京之东水门而别，词却写在顺天门别，岂柳永之家在顺天门附近，而其妻直送柳永至东水门外欤？

　　词上片回忆当初分别情况："红板桥"四句回忆当初分别之时、地、景，即"柳丝亦解系行人"之意。"重分飞"三句写分别场面，言少情深。"隋堤"二句为南下计程语，不忍言，故简约。

　　下片写当前情况："时觉"三句谓辜负了良辰美景，"洞房"二句却作宕开之笔，写别后妻子之寂寞；"指归云"三句又回到自身，发出"仙乡"无觅处之叹；"遥夜"二句又设想妻子深闺孤影，极尽反复之致。结句发以反问，尤见思念之深。

────

1　"红板桥"句：谓在红板桥头秋天的傍晚。红板桥，有泛指与专指之别，泛指谓红色栏杆之桥，专指则谓汴京顺天门外之板桥。从词中所写，知其为专指。汴河穿汴京而过，城区有汴河桥八座，板桥即其一，在新城西南门顺天门外。此词上片回忆远游前与妻子在汴京分别情况。首句则写分别之地与时："红板桥"即其分别之地；"秋光暮"亦即秋天的傍晚，则为分别之时。与《雨霖铃》词中所写之"寒蝉凄切。对长亭晚,骤雨初歇"亦相符契。

2 "淡月"句:谓月色映着淡淡的雾气。烟,雨后初晴时淡淡的雾气。煦,和煦。

3 "寒溪"二句:谓堤边垂柳映照在水中,显出一片碧色。寒,指微微的秋寒。垂杨,即垂柳,古人将杨柳混称,故云。

4 "重分飞"三句:回忆与妻子当初分别情况。分飞,以鸟之分飞喻夫妻分别。

5 隋堤:隋炀帝开通济渠,沿河筑堤植柳,谓之隋堤。此为回忆自汴京出发时设想之词,故曰"隋堤远"。

6 倏忽:忽然,时间过得很快。

7 向期阻:怎奈归期却被阻隔。向,怎向,怎奈。

8 "时觉"句:自此以下写现在。

9 花絮:此指柳絮。

10 小屏:即小屏风,床上陈饰物,能映人影,亦作房中狎昵之用。

11 "指归云"三句:以归云托归心,意谓归心似箭,但佳人在何处呢? 仙乡,喻佳人所居。

12 算谁与:算来谁能与共呢? 与,共。《诗词曲语辞汇释》:"与,犹如也,比也,共也。"

竹马子

　　登孤垒荒凉[1]，危亭旷望[2]，静临烟渚。对雌霓挂雨，雄风拂槛[3]，微收烦暑。渐觉一叶惊秋[4]，残蝉噪晚[5]，素商时序。览景想前欢，指神京，非雾非烟深处[6]。　　向此成追感[7]，新愁易积，故人难聚。凭高尽日凝伫[8]。赢得消魂无语[9]。极目霁霭霏微[10]，暝鸦零乱，萧索江城暮[11]。南楼画角[12]，又送残阳去。

　　《竹马子》，《钦定词谱》作《竹马儿》，柳永自制曲，《乐章集》注仙吕调。

　　综观词义，未及宦情，当为少年远游之作，因其离汴京时在秋季，此词谓"微收烦暑"，正是夏秋之交，故知其写于远游之第二年即景德元年（1004）初秋。

　　复审其"孤垒"、"危亭"、"烟渚"、"南楼"等等，当写于鄂州（今湖北武昌）。

　　此词首尾写景，中间抒情。

　　"登孤垒"三句总写登高所见，"对雌霓"三句为以下之感秋情绪作引，"渐觉"三句为抒情作充分铺垫。

　　"向此"五句追怀汴京岁月，又与上下文写景相呼应。"极目"五句复出以景语结束全篇,虽只字未言情,而情已满目矣。

　　词虽首尾均出以景语,却不是无谓重复。开首写景是以景呼情,景中有情,手法重在白描,故淡远;结尾写景是以景衬情,情在景中,手法重在渲染,故幽邃。

1　"登孤垒"句:谓登上孤立的堡寨。此处当谓今湖北武昌之石城即黄鹤山。

2　危亭旷望:高亭远望。当指湖北武昌黄鹤山之石镜亭。

3　"雌霓"二句:雌霓,虹有二环时,内环色彩鲜盛者为雄,名虹;外环色彩暗淡者为雌,名蜺(ní),即霓,今称副虹。挂雨,未闻雌霓能挂雨,与下句"雄风拂槛"相对为文耳。雄风,与上句"雌霓"相对为文。宋玉《风赋》:"清清泠泠,愈病析酲,发明耳目,宁体便人,此所谓大王之雄风也。"槛,栏杆。

4　一叶惊秋:古时有立秋日梧桐始落一叶之说。

5　残蝉:秋蝉。

6　非雾非烟:《史记·天官书》:"若烟非烟,若云非云,郁郁纷纷,萧索轮囷,是谓卿云。卿云见,喜气也。若雾非雾,衣冠而不濡,见则其域被甲而趋。"此句谓汴京在"非雾非烟深处",既谓其地之神圣,又谓其遥远而难见。

7　向此:到此。

8　凝伫:伫立凝望,望得发愣、出神。

9　赢得：落得，剩得。

10　霁霭霏微：天晴后的云气迷蒙。

11　江城：此应谓鄂州。

12　南楼：在武昌黄鹤山上，亦称白云楼、岑楼。

八声甘州

对潇潇、暮雨洒江天[1]，一番洗清秋[2]。
渐风霜凄惨，关河冷落[3]，残照当楼[4]。是处红
衰翠减，苒苒物华休[5]。惟有长江水，无语东
流。　　不忍登高临远，望故乡渺邈[6]，归思难
收[7]。叹年来踪迹，何事苦淹留[8]。想佳人、妆
楼颙望[9]，误几回、天际识归舟[10]。争知我、倚
阑干处，正恁凝愁。

《八声甘州》，本唐教坊曲，《碧鸡漫志》云："《伊州》、《甘
州》、《凉州》，皆自龟兹致。"后用作词调名，有曲破，有八声，
有慢，有令。

此词《乐章集》注仙吕调，前后片各九句四平韵，共八韵，
故名。

此阕亦为柳词中名篇，惜学人从未究其本事。词谓
"清秋"、"风霜"、"暮雨"、"残照"，则时间在秋季之傍晚；又
谓"关河"、"长江"，则地点又在南方；复谓"叹年来踪迹"，
则远游已年余，知其写于出游之第二年即景德元年（1004）
秋天。

此词大开大合，气势磅礴，深情绵邈而又不落纤巧。

上片写景,有气吞万里之势。

起二句写雨后江天,不事涂抹而清隽之气在骨。

"渐霜风"三句有提笔四顾之慨,如江天闻笛,古戍吹筛,凄寒之气沁人,宜乎得东坡"唐人佳处不过如此"之评。

"是处"四句复叹近景凋零,将游子之寂寞写得入木三分。

下片即景生情,又一波三折。结句言"倚阑"凝目,收束全篇,通首之"霜风"、"关河"、"残照"等等皆在凝目中矣。

1　"对潇潇"句:面对着急骤的暮雨,看它洒落在大地上。江天,指整个大地。潇潇,雨急貌。正因为是急雨,方有下句。

2　"一番"句:谓急雨后江山如洗,秋景显得也特别明净。

3　"关河"句:意谓深秋之后,路上行人稀少,山河大地也显得冷冷清清。关河,泛指山河。冷落,冷清。

4　残照当楼:残照,残阳,夕照。当,对着。

5　"苒苒"句:谓随着时光的渐渐流逝,景物也变得衰残。苒苒,义同"荏苒",形容时光渐渐流逝。物华,自然景物。

6　渺邈(miǎo):渺茫遥远。

7　归思:思归之情。

8　淹留:滞留,久久停留。

9　颙(yóng)望:举首凝望,因痴痴凝望而发呆。

10　"误几回"句:谓好几次都将别人的归舟当作自己丈夫的

归舟了。谢朓《宣城郡出新林浦向板桥》:"天际识归舟,云中辨江树。"刘采春《望夫歌》一名《罗唝之曲》:"朝朝江口望,错认几人船。"

临江仙引

梦觉小庭院，冷风淅淅，疏雨潇潇[1]。绮窗外[2]，秋声败叶狂飘。心摇[3]。奈寒漏永，孤帏悄[4]，泪烛空烧[5]。无端处[6]，是绣衾鸳枕，闲过清宵[7]。　　萧条。牵情系恨，争向年少偏饶[8]。觉新来、憔悴旧日风标[9]。魂消。念欢娱事，烟波阻[10]、后约方遥。还经岁，问怎生禁得[11]，如许无聊[12]。

《临江仙》，唐教坊曲名，唐词多缘题所赋。宋黄升《唐宋诸贤绝妙词选》注云："《临江仙》，则言水仙。五代词人用此调为题，多由仙事转入艳情。"

此调有不同诸体，俱为双调，但字数多寡则区别很大。《乐章集》注仙吕调，此词九十三字。

词写秋景，又谓"烟波阻、后约方遥。还经岁，问怎生禁得，如许无聊"，则离汴京又经岁，知其写于景德元年（1004）秋。

"牵情系恨，争向年少偏饶。觉新来、憔悴旧日风标。"此数句之可贵，在于指明此次远游乃"年少"时期。古人无"青年"之说，所谓"年少"，与今之言"青年"同类。

词以梦醒起兴，写庭院秋色，抒发思家之情。

　　"梦觉"五句,给人一种"已觉秋窗秋不尽,那堪风雨助凄凉"的感觉,以少少许胜多多许,笔力遒劲。

　　"心摇"四句从游子落笔,写客中凄凉,以景语作情语,又胜似情语不知其几。

　　"无端"三句从思妇着笔,与上文相呼应,正是"千里秋风两愁人"之意。

　　下片集中写游子心绪,结在自我一问,层次判然又层层渐进,耐人咏叹。

1　"梦觉"三句:谓梦醒之后,听见小庭院里,风雨并作。淅淅,风声。潇潇,小雨貌。

2　绮窗:雕刻或绘饰得很精美的窗户。

3　心摇:谓因思念而心情动荡不安。

4　孤帏:谓单栖。帏,帐子。

5　泪烛空烧:杜牧《赠别二首》之二:"蜡烛有心还惜别,替人垂泪到天明。"此反用其义,写别后思念,故云"空烧"。

6　无端:无可奈何。

7　清宵:清冷的夜晚。

8　"争向"句:谓怎奈偏是少年添得许多感伤呢?《诗词曲语辞汇释》:"饶,犹添也,连也,不足而求增益也。即今所云讨饶头之饶。"

9　风标：优美的姿容仪态。

10　烟波阻：即路途阻。

11　怎生禁得：怎能禁得起。

12　如许：这么多，这般。

玉蝴蝶

望处雨收云断[1]，凭栏悄悄，目送秋光[2]。
晚景萧疏，堪动宋玉悲凉。水风轻、苹花渐
老[3]，月露冷、梧叶飘黄[4]。遣情伤[5]。故人何
在，烟水茫茫。　　难忘。文期酒会[6]，几孤风
月，屡变星霜[7]。海阔山遥，未知何处是潇湘[8]。
念双燕、难凭远信[9]，指暮天、空识归航。黯
相望。断鸿声里，立尽斜阳。

《玉蝴蝶》，小令始于温庭筠，长调始于柳永。《乐章集》
注仙吕调，一名《玉蝴蝶慢》。

词既谓"屡变星霜"，说明写于远游之第二年即景德元年
（1004）秋。

看来柳永离京两年，令其魂牵梦绕的，既有在汴京的"文
期酒会"，更有其妻子。词用"双燕"典，则明其所思乃妻子而
非所欢。结尾连用"空识归航"与"立尽斜阳"，字面上是写妻
子对自己思念之切，实际上则是写自己对妻子思念之切。

词又谓"海阔山遥，未知何处是潇湘"句，盖又欲自湖北
而赴湖南。

词用"望"字统摄全篇。

　　首三句言登高远望，"悄悄"二字已含悲情。"晚景"二句以宋玉悲秋为喻，悲意即在其中。"水风"二句两两作对语，谓苹老梧黄，善状萧疏秋景，不由使人悲感倍增。"遣情伤"三句由悲秋而转到怀人，更增悲秋之意。

　　下片以"难忘"领起，忆昔伤今尽在其中。"海阔"二句又作宕开之笔，设想欲去之处。"念双燕"二句又从思妇着笔，言闺人思念之深。结二句与篇首相应，见伫立之久，且谓"断鸿声里"，更增悲切。

1　"望处"句：谓到处是晴空一片。望处，谓视野之内。

2　目送秋光：有惜时之意，谓眼睁睁看着时光逝去。

3　"水风轻"句：谓微风从水面轻轻掠过，苹花已经渐渐老了。苹花，一种大的浮萍，夏秋间开小白花，亦称白苹。苹花渐老，即至深秋，故云。

4　"月露"句：月露，月光下的露滴。梧叶，即梧桐叶。

5　遣情伤：使人伤情。

6　文期酒会：友人相约在一定的日期饮酒相会，作文赋诗。古人有文期酒会之俗。此句忆在汴京之文期酒会，故始有下两句。

7　屡变星霜：意谓过了一年又一年。星，指岁星，亦名木星、太岁。木星约十二年绕日一周，故古人以其经行之方位纪年，星变方位则岁移。据此句，知柳永离开汴京已两年了。

8　潇湘：指潇水与湘水。二水均在湖南。因词人又从湖北去湖南，故有此问句。

9　"念双燕"句：此句为"念远信难凭双燕"之倒装，意谓远在汴京的妻子，很难遇到顺路人将信捎来。《开元天宝遗事》："长安豪民郭行先，有女子绍兰适巨商任宗，为贾于湘中，数年不归，复音信不达。绍兰目睹堂中有双燕戏于梁间，兰长吁而语于燕曰：'我闻燕子自海东来，往复必经由于湘中。我婿离家不归数岁，蔑（杳）有音耗，生死存亡，弗可知也。欲凭尔附书授于我婿。'言讫泪下。燕子飞鸣上下，似有所诺。兰复问曰：'尔若相允，当泊我怀中。'燕遂飞于膝上。兰遂吟诗一首云：'我婿去重湖，临窗泣血书。殷勤凭燕翼，寄与薄情夫。'兰遂小书其字系于足上，燕遂飞鸣而去。任宗时在荆州，忽见一燕飞鸣于厅上。宗讶视之，燕遂泊于肩上，见有一小封书系在足上，宗解而视之，乃妻所寄之诗。宗感而泣下，燕复飞鸣而去。"词人将往潇湘，故用此典。此句以下皆从思妇着笔。

瑞鹧鸪

　　天将奇艳与红梅。乍惊繁杏腊前开[1]。暗想花神、巧作江南信[2]，解染燕脂细剪裁[3]。　　寿阳妆罢无端饮[4]，凌晨酒入香腮[5]。恨听烟坞深处，谁缓吹羌管逐风来。绛雪纷纷落翠苔[6]。

　　宋胡仔《苕溪渔隐丛话》云："唐初歌辞，多是五言诗，或七言诗……今存者只《瑞鹧鸪》……是七言八句诗……犹依字易歌。"

　　按《瑞鹧鸪》原本七言律诗，因唐人歌之，遂成词调，然皆七言八句。至柳永，始添字或减字成新声，又有般涉调、南吕调与平调三体。

　　此词为般涉调。前片起二句、结句，后片起句、结句，仍作七言，与唐时之《瑞鹧鸪》同。余则摊破句读，如前片作四字句、五字句，即词家添字法；后片第二、三句作六字句，即减字法；第四句作八字句即添字法。

　　咏物词在柳词中少见，此即其一。

　　观词义，当为远游之第二年即景德元年（1004）十月作于湘中。

　　上片写红梅盛开。首二句以杏衬梅，重在写其色之艳丽。

"暗想"三句色形并写,化用贺知章"不知细叶谁裁出,二月春风似剪刀"诗意,然却谓"花神巧作江南信",有翻新之妙。

下片首二句以寿阳妆与饮酒为喻,再为红梅着色,意重而词不重,尖新可喜。

结三句写梅之落,归罪羌管逐风,与上片写梅开之艳归功于花神相照应,构思奇特。

1　"乍惊"句:乍一看来还疑为是杏花怒放。疑梅为杏,反衬红梅之艳。

2　"暗想"二句:暗自思量,大约是花神巧报了江南的春信。

3　"解染"句:深解用胭脂细细去妆点梅花,好像能工巧匠精心剪裁出的一样。燕脂,即燕支,今通作胭脂。

4　"寿阳"句:好像寿阳公主打扮好梅花妆之后,已经很美丽了,却又无端饮了一点酒,显得特别红艳。寿阳妆,即梅花妆,相传为南朝宋武帝女寿阳公主首创。《金陵志》:"寿阳公主人日卧于含章殿檐下,梅花落公主额上,成五出之花,拂之不去,经二日,洗之,乃落。宫女效之,今称梅花妆。"此处以"寿阳妆"代指梅花。无端,无心,无意。

5　"凌晨"句:紧承上句,谓梅花好像美人在凌晨饮酒之后,腮边微红一样美丽。

6　"恨听"三句:恨只恨在深深的山坳里,谁毫无来由地吹着羌笛,风又将这笛声传了过来,以致惊得红梅都纷纷落在了翠苔上。坞,山坞。烟坞,烟雾缭绕的山坞。羌管,即羌笛。绛雪,仙丹名。《汉武帝内传》:"仙家上药,有玄霜、绛雪。"此喻红梅。

两心同

伫立东风[1]，断魂南国[2]。花光媚、春醉琼楼[3]，蟾彩迥[4]、夜游香陌[5]。忆当时、酒恋花迷[6]，役损词客[7]。　　别有眼长腰搦[8]。痛怜深惜。鸳会阻[9]、夕雨凄飞，锦书断[10]、暮云凝碧。想别来、好景良时，也应相忆。

《两心同》，此调有三体：仄韵者创自柳永，《乐章集》注大石调；平韵者创自晏几道；三声叶韵者创自杜安世。

此词当写于远游之第三年景德二年（1005）春在湖南时。

柳永词多写实之作，往往实话实说。从这个角度来看，此词可视作柳永此次南国之行后，对自己在汴京岁月的自我检讨，在柳永与其妻的感情龃龉中，极富史料价值。

与先景后情的写法不同，此词首二句即谓"断魂南国"，以下全系对所以"断魂南国"的展衍。

谓"酒恋花迷，役损词客"，是柳永对混迹于歌妓丛中的坦诚认可，也可视为对往日"帝里疏狂"的检讨。

但柳永始终对结发妻未能忘怀，故始有"别有眼长腰搦。痛怜深惜。鸳会阻、夕雨凄飞，锦书断、暮云凝碧"等句。

"想别来、好景良时，也应相忆"，又设想妻子思念自己。

柳永虽与妻感情出现裂痕而远游,远游在外又反复思念,足见其感情之深。

1　伫立东风:凝神伫立在春风中。东风,谓春风。

2　断魂:消魂。

3　"花光"句:于词谱,应为"花光媚、春醉琼楼";于词义,应为"花光媚春醉琼楼"。花光媚春,谓花的光彩使春天变得妩媚。琼楼,玉楼,本谓仙人所居之楼,此为歌楼之美称。

4　蟾彩:谓月光。《后汉书·天文志》刘昭注引张衡《灵宪》:"羿请不死之药于西王母,姮娥(即嫦娥)窃之以奔月。将往,枚筮之于有黄,有黄占之曰:'吉,翩翩归妹,独将西行,逢天晦芒,毋惊毋恐,后且大吉。'姮娥遂托身于月,是为蟾蜍。"其后因称月为蟾蜍、银蟾,称月光为蟾光、蟾彩。

5　夜游香陌:谓夜游歌馆。香陌,犹香径,本谓花间小径,此指通往歌馆的小路。

6　"忆当时"句:总括前四句,谓回忆起当时与歌妓厮混的时候。酒恋花迷,即恋酒迷花。花,代指美女,即歌妓。

7　役损:劳损。

8　"别有"句:此句以下写妻子。眼长,疑是"眉长"之误,古人以眉长为美,眼长则丑矣。腰搦(nuò),腰肢细而柔弱。搦,满握,满把。

9　鸳会阻：谓与妻子不能相见。"鸳会阻"，别本有作"鸳鸯阻"者。

10　锦书断：谓妻子的书信断绝。锦书，妻子的书信。《回文诗序》："前秦安南将军窦滔，与宠姬赵阳台之任，而遗其妻苏蕙于家，蕙织锦回文，题诗二百余首，计八百余字，纵横反复，皆为文章，名曰璇玑图。"

凤栖梧

　　独倚危楼风细细¹。望极春愁，黯黯生天际²。草色烟光残照里³。无言谁会凭栏意⁴。　　　拟把疏狂图一醉。对酒当歌，强乐还无味⁵。衣带渐宽终不悔，为伊消得人憔悴⁶。

　　此词当作于远游之第三年即景德二年（1005）春在湖南时。为柳词中名篇之一，历来被人们所传诵。

　　王国维在《人间词话》中，曾予以高度评价：“古今之成大事业、大学问者，必经过三种之境界。‘昨夜西风凋碧树，独上高楼，望尽天涯路’，此第一境界也。‘衣带渐宽终不悔，为伊消得人憔悴’，此第二境界也。‘众里寻他千百度，蓦然回首，那人却在，灯火阑珊处’，此第三境界也。此等语皆非大词人不能道。”

　　此词极尽含蓄决绝之致，如倒食甘蔗，渐至佳境。

　　词仍用前景后情手法，前片写景，后片抒情，然却迷迷茫茫，费尽猜量，难索主人公究竟是谁，亦难索主人公抒情之旨究竟何在，至结尾方露真面。

　　“衣带”二句所以为千古绝唱，殆在“终不悔”三字，与“不辞镜里朱颜瘦”同一机杼，写尽决绝之意，王国维以第二境界评之,盖亦在此。

　　将思念之情写得锲而不舍,执着无悔,故高妙臻于绝境。

　　柳永与其妻诀别远游,却又思念不已,足见二人感情之深。

1　危楼:高楼。

2　"望极"两句:为"望极天际,黯黯春愁生"之倒。黯黯,心神沮丧貌。

3　"草色"句:谓草色烟霭,掩映在斜阳之中。烟光,烟霭。残照,西下的斜阳。

4　"无言"句:谓独立无言,谁能领会我凭栏远望之意呢?

5　"对酒"二句:用曹操《短歌行》诗意:"对酒当歌,人生几何?譬如朝露,去日苦多。""强乐"句,又反用曹操《短歌行》诗意:"慨当以慷,忧思难忘。何以解忧?惟有杜康。"

6　消得:值得。《诗词曲语辞汇释》:"消,犹抵也,值也,配也。"

减字木兰花

花心柳眼[1]。郎似游丝常惹绊[2]。独为谁怜[3]。绣线金针不喜穿。　　深房密宴[4]。争向好天多聚散[5]。绿锁窗前[6]。几日春愁废管弦[7]。

《减字木兰花》，原为唐教坊曲《木兰花》，后作词调名。有减字、偷声、慢等体。

《花间集》载《木兰花》、《玉楼春》两调，其七字八句者为《玉楼春》体，五十五字者为《木兰花》体。

南唐冯延巳制《偷声木兰花》，五十字，前后起两句仍用仄韵七言，结处乃偷平声，作四字一句，始有两仄两平四换韵体。

《减字木兰花》又就《偷声木兰花》起两句各减三字，共四十四字，另成一体。

《乐章集》注仙吕调。《减字木兰花》始于柳永，盖又就偷声词两起句各减三字，韵则仍旧耳。

此阕写于远游之第三年即景德二年(1005)，亦为闺怨词。分别之后又反复来写"代闺怨"，这其实说明，柳永与妻子闹翻之后，亦是追悔莫及的，故始有其后对妻子的思念之词。

此词比喻新颖，反复抒写，将思妇因思念游子而慵懒之态写得生动可掬。

　　首二句连用三喻,将思妇对游子的感情写得惟妙惟肖。"独为"二句写思妇之孤独慵懒。

　　下片首二句写想象中的游子经常与朋友聚散,是怨语,也是情语。"绿锁"二句复写思妇慵懒之状。

　　全词生新尖俏,得古乐府逸致。

1　花心柳眼:谓花初生蕊,柳初吐芽。花心,花蕊。柳眼,早春初生之柳叶,如人睡眼初开,因以为称。此句双关,既写初春美景,又以花柳喻佳人才子。

2　"郎似"句:承上句,以柳丝牵惹好花,喻郎牵思妇之心。游丝,谓柳丝。

3　独为谁怜:"谁为怜(我)独"之倒,意谓谁能怜我孤独呢?

4　深房密宴:深房,深邃的房舍,谓深宅大院。密宴,亲昵的小型宴会。此句从思妇眼中写游子。

5　"争向"句:谓怎奈你成天在良辰美景中与人聚会。

6　绿锁窗前:谓雕花精美的窗前一片绿色,春意正浓。锁窗,雕刻或绘有连环花形的窗子。锁,亦作"琐"。

7　废管弦:谓懒于听歌。

小镇西犯

水乡初禁火[1]，青春未老[2]。芳菲满、柳汀烟岛[3]。波际红纬飘渺。尽杯盘小[4]。歌被禊[5]，声声谐楚调[6]。　　路缭绕。野桥新市里[7]，花秾妓好。引游人、竞来喧笑。酩酊谁家年少[8]。任玉山倒[9]。家何处，落日眠芳草。

《小镇西犯》，唐教坊曲有《镇西子》，唐词亦有《镇西》七言绝句，柳永依旧曲作新声。《乐章集》有两调，七十一字者名《小镇西犯》，七十九字者名《小镇西》，或名《镇西》，俱注仙吕调。

观词中所写之场面，显为少年远游之第三年即景德二年(1005)寒食作于湘中。

词写湘中禊饮盛况，以游人之欢娱，反衬词人之思家。全词以景语作情语，情在景中。

"水乡"三句写三月春景，"波际"四句写楚乡禊饮，整个上片调子欢快。

下片"路缭绕"四句接写郊野禊饮盛况，亦是欢快的调子。

"酩酊"四句却从游人眼中写来，"谁家"、"家何处"，皆游人问语。游人对"谁家年少"的同情叹息，客观地写出了柳永无家可归的悲凉,既跳脱生动,又别开生面。

1 禁火:指寒食节。古时有寒食禁火(亦称改火)之制,故云。

2 青春未老:意谓尚未春残。青春,指春天。

3 "芳菲满"句:谓满柳汀烟岛都是一片芳菲。柳汀,长满垂柳的水边小洲。烟岛,充满美丽景色的岛屿。烟,指烟景。

4 "波际"二句:许多人在水上驾舟嬉戏,彩衣斑斑,红绿飘渺,远远望去竟然如杯盘般大小。红纬,本指红色帐子,此处指红男绿女的装束。尽,竟然。

5 禊(xì):古时风俗,于水边濯洗以被除妖邪,上巳为春禊,后定三月三日为禊辰,禊辰之宴为禊饮。七月十四日为秋禊。

6 楚调:此处谓楚音。

7 野桥新市:谓野外之桥与临时集市。

8 "酩酊"句:此句至结尾,均为游人口气。此句谓谁家少年喝得酩酊大醉呢?年少,为柳永自谓。自此句至结尾,皆从游人眼中写出。

9 任玉山倒:谓醉后倒地。玉山,喻男子之美仪容者。

倾　杯

水乡天气，洒蒹葭、露结寒生早[1]。客馆更堪秋杪。空阶下、木叶飘零，飒飒声干，狂风乱扫[2]。黯无绪[3]、人静酒初醒，天外征鸿[4]，知送谁家归信，穿云悲叫。　　蛩响幽窗[5]，鼠窥寒砚[6]，一点银缸闲照[7]。梦枕频惊，愁衾半拥，万里归心悄悄[8]。往事追思多少。赢得空使方寸挠[9]。断不成眠，此夜厌厌，就中难晓[10]。

――

此首《乐章集》注黄钟羽。

综观词义，当为远游之第三年寒食作于湘中。

词写秋思，大笔淋漓，有横空出世之姿。

首四句写水乡秋杪，"更堪"二字给下文抒情伏线，却又不露声色。"空阶下"三句写狂风扫落叶，有声有色，气势不凡。"黯无绪"四句写客中秋情，有仰天长啸之势，可发所有行役在外者一叹。

下片"蛩响"三句作翻转之笔，写客馆孤寒，寂寞可知。"梦枕"三句写梦醒难归，忧心忡忡。

上下片相较，下片则显得笔力不足。"梦枕"以下若再能翻转,从大处落笔,此词将是另一副模样。

1 "洒蒹葭"句:此句有省略,意谓因芦苇长在水边,潮湿之气洒在芦苇上后,经夜寒而早生朝露。

2 "客馆"四句:此四句因韵所限,多有倒装,按意应为"客馆秋杪,更堪狂风乱扫,木叶飘零,飒飒声干,洒空阶"。客馆,旅社。秋杪,秋末。飒飒,风吹树叶声。

3 黯无绪:谓情绪不佳。黯,黯然,心情沮丧。

4 征鸿:飞鸿,飞雁。人静时无飞雁,此为因情造景耳。

5 "蛩响"句:谓蟋蟀在窗下幽深处鸣叫。蛩,蟋蟀。蟋蟀九月则入户,时为深秋,故云。

6 鼠窥寒砚:谓鼠窥视着砚台,想来舔墨中之胶。鼠于夏秋时藏食于洞,冬春之际,藏食已完,又无食可偷,即出舔砚中墨胶以充饥。

7 "一点"句:谓空点着灯而无心看书。银钉(gāng),亦作"银缸",银白色的灯盏、烛台。

8 悄悄:忧伤貌。

9 "赢得"句:落得个尽让人心情烦乱。赢得,落得。空使,尽使。方寸,心。方寸挠,心情烦乱而难受。

10 "就中"句:谓居于客馆之中难熬到晓。

塞　孤

一声鸡，又报残更歇[1]。秣马巾车催发[2]。草草主人灯下别[3]。山路险，新霜滑。瑶珂响、起栖乌[4]，金镫冷、敲残月[5]。渐西风紧，襟袖凄裂[6]。　　遥指白玉京，望断黄金阙[7]。远道何时行彻[8]。算得佳人凝恨切[9]。应念念[10]，归时节。相见了、执柔荑[11]，幽会处、偎香雪[12]。免鸳衾、两恁虚设。

《塞孤》，《词律》编入《塞姑》者误。但《乐府诗集》有无名氏《塞姑》："昨日卢梅塞口，整见诸人镇守。都护三年不归，折尽江边杨柳。"其取名盖本于此，而易"姑"为"孤"耳。

《乐章集》注般涉调，宋人填此调者只有柳永与朱雍。

数年远游之后欲回汴京，其意义是十分明显的。故知此词当写于远游至第三年即景德二年（1005）深秋，自湘中回程出陆北行将至汴京时。

词上片写行役，下片抒情。

首三句用简练的笔墨画出了一幅凌晨出行图。接用六个三字句写行役，且连着"险"、"滑"、"冷"等字，又用"渐西风"二句略加渲染，其状行役之孤寂凄冷，不是丹青，胜似丹青。

下片抒情,"遥指"三句抒思念之情,"算得"五句推想见面情景,先凝恨,后释恨,再相偎,体味闺人远别重逢后之心情细致入微。

"免鸳衾"句为废词,为败笔,宜乎柳永受李清照"词语尘下"之讥也。柳词中不少杰作多为这"柳尾"所害。

1 "一声鸡"二句:黎明时雄鸡即鸣,故云。残更,更将尽,即天将明时。

2 "秣马"句:谓喂饱了马,将要乘车出发。秣马,喂马。巾车,饰以帷幔之车。

3 "草草"句:为"灯下草草别主人"之倒装。

4 "瑶珂"句:谓马行时马珂的撞击声惊动了树上的栖乌。珂,白色似玉的美石,一说为贝类,相击有声,常作马勒之饰物。

5 "金镫冷"句:谓马镫声响在残月之中。

6 "渐西风"二句:渐渐地西风一阵紧似一阵,襟袖间也感到凄冷,手将要冻裂了。

7 "遥指"二句:意谓思念佳人。白玉京、黄金阙,皆仙人所居之府,此处用以代指佳人居处。

8 行彻:犹言行完。

9 凝恨:聚集的怨恨。

10　念念：念，怜念，重者为强调语气。

11　柔荑：谓美人之手。

12　香雪：本指妇女用的花粉，此处代指美人肌肤，取又白又香之意。

离别难

花谢水流倏忽，嗟年少光阴[1]。有天然、蕙质兰心[2]。美韶容、何啻值千金。便因甚、翠弱红衰，缠绵香体，都不胜任[3]。算神仙、五色灵丹无验[4]，中路委瓶簪[5]。　　人悄悄[6]，夜沉沉。闭香闺、永弃鸳衾。想娇魂媚魄非远，纵鸿都方士也难寻[7]。最苦是、好景良天，尊前歌笑[8]，空想遗音。望断处，杳杳巫峰十二，千古暮云深[9]。

――　《离别难》，唐教坊曲名。

五代薛昭蕴借旧曲倚新声为《离别难》词，因词中有"罗帷乍别情难"句，取以为名。

柳词与薛词迥别，盖柳永再以其曲而别为新声耳，《乐章集》注中吕调。

此词为悼亡词无疑。观其"花谢水流倏忽，嗟年少光阴"两句，决非其妻中年或晚年逝世之意。大约在柳永出外远游期间，其妻即一病不起，以至于"翠弱红衰"到连"缠绵香体，都不胜任"的程度。归来不久，终至于"算神仙"之"五色灵丹"也"无验"而仙逝。

　　词又谓"想娇魂媚魄非远",应是其妻逝世后不久即作此词,当在景德二年至四年(1005—1007)之间。柳永成婚不晚,得子却较迟,当与其前妻之卒有关。

　　作为悼亡词,上片铺叙,下片抒情,写得缠绵悱恻,哀感顽艳。

　　首二句嗟叹少年光阴一去不返,为全词定下了反复哀叹的基调。"有天然"二句赞其妻美丽无双,"便因甚"三句述其妻病体不支,"算神仙"二句叹其妻少年夭折。

　　下片首三句即写人亡闺空,哀感无尽。"想娇魂"用鸿都道士天上地下觅杨贵妃典,殊觉味深。"最苦"三句写人去无踪,空留遗音。"望断"三句以巫山神女喻妻子,深沉绵邈。

1　"花谢"二句:谓令人感叹的是,少年光阴如花谢水流一样,过得很快。倏忽,顷刻之间。嗟,嗟叹。

2　蕙质兰心:谓体态与心灵都十分美丽。蕙、兰,皆香草,故用以喻美女。

3　"便因甚"三句:谓是什么原因使你弱不胜衣呢? 翠弱红衰,谓衣裳轻弱。缠绵香体,病久不愈之身体。

4　五色灵丹:谓道士所炼之灵丹,意为包医百病之药。

5　"中路"句:意谓半路仙逝。委,委弃。瓶簪,即"瓶沉簪折"之省文,谓瓶沉水底则难觅,簪折则难合。本喻男女分离,此处隐谓妻子病逝。

6　悄悄：忧伤貌。

7　鸿都方士：乐史《杨妃外传》："方士杨幽通自云有李少君之术，上皇命致贵妃神。出天界，没地府，求之不见。东绝大海，跨蓬、壶，有洞户，署其门曰'玉妃太真院'。"白居易《长恨歌》："临邛道士鸿都客，能以精诚致魂魄。为感君王辗转思，遂教方士殷勤觅。"鸿都，本为汉代藏书和教学之地，光和元年，始置鸿都门学士，此处借指长安。

8　尊前：即酒樽前。

9　"杳杳"二句：杳杳，飘渺遥远。巫峰十二，即巫山十二峰。此处用宋玉《高唐赋》典，以朝云喻佳人，谓欲于巫山觅佳人，但"千古暮云深"，觅而不得。

鹤冲天

黄金榜上[1]。偶失龙头望[2]。明代暂遗贤[3]，如何向[4]。未遂风云便[5]，争不恣狂荡[6]。何需论得丧。才子词人，自是白衣卿相[7]。　　烟花巷陌[8]，依约丹青屏障[9]。幸有意中人，堪寻芳。且恁偎红翠，风流事、平生畅。青春都一饷[10]。忍把浮名[11]，换了浅斟低唱。

《鹤冲天》，柳永自制曲。《乐章集》注正平调，此调有小令、长调两种，小令起于唐人，长调起于柳永。

此词当为柳永大中祥符元年（1008）初试败北之作。

与柳词善于铺叙相反，此词则夹叙夹议，抒其初试败北之后的牢落情绪。

寓自我解嘲于豪爽之中，是此词的显著特点。

"黄金"二句述其初试败北，佯似豪荡；"明代"四句述其暂时失意后恣性狂荡，貌似不羁；"才子"二句又进一步作自我陶醉，实则是自我解嘲。

下片"烟花"六句是对"自是白衣卿相"的具体申说，是解嘲之后的自我排解，自我满足。"青春"三句看似轻视功名，着一"忍"字，即透露出豪爽中的苦闷，或者说是含着眼泪的豪爽。

1　黄金榜：谓中进士之榜。

2　偶失龙头望：意为因偶然原因而没有考中。唐宋人称状元为龙头，盖以其视致身荣显为登龙，而状元列榜首故也。

3　"明代"句：谓开明的时代，暂时将贤才遗漏了。

4　如何向：意谓今后该怎么办呢？

5　"未遂"句：意谓没有实现自己宏伟志愿的机会。风云便，成龙化虎的好机会。

6　"争不"句：怎不恣睢放荡？

7　白衣卿相：即没有卿相头衔的卿相，自我解嘲之语。白衣，即布衣。在封建社会，中进士后即换官服，故白衣、布衣成为未中进士者及老百姓的象征。

8　烟花巷陌：谓妓女住的地方。烟花，本指绮丽的风光，因妓女总是浓妆艳抹，妓女所居之地也是富丽堂皇，故亦以"烟花"指妓女或妓女所居之地。

9　丹青屏障：画着鲜艳图画的屏风。

10　一饷：片刻。

11　浮名：此处指功名。

如鱼水

帝里疏散[1]，数载酒萦花系[2]，九陌狂游[3]。良景对珍筵恼，佳人自有风流[4]。劝琼瓯[5]。绛唇启、歌发清幽[6]。被举措、艺足才高，在处别得艳妓留[7]。　　浮名利，拟拚休。是非莫挂心头。富贵岂由人，时会高志须酬[8]。莫闲愁。共绿蚁、红粉相尤[9]。向绣幄[10]，醉倚芳姿睡，算除此外何求。

《如鱼水》，柳永自制曲，《乐章集》注仙吕调。

此词当作于大中祥符五年第二次应试败北时。

若将此词与前词加以对比，即可发现其心声之变化。词前片铺叙其"帝里疏散"境况，后片出之议论，将其以醇酒美人解闷之心情写到十分。

"帝里"六句写其初试败北之后的疏散狂放，"绛唇"三句写自己沉湎于醇酒美人之中以自娱。

下片开首"浮名"三句是自我排解，然著一"拟"字，即透露出并非真的放弃名利。"富贵"二句述其"高志须酬"的志向。"共绿蚁"四句又回到醇酒美人。

词所以反复抒写，正与其矛盾心情相关。

1　帝里疏散：谓自己多少年来闲住帝京，疏放懒散，放达不羁。

2　酒萦花系：为醇酒美女所缠绕。柳永常常往来于歌楼酒馆，固不排除其浪荡的一面，但以在妓女中填词讨润笔者为多。故此二句为写实语，非泛泛言之耳。

3　九陌狂游：到处游逛。

4　恼佳人：撩拨人的佳人。恼，撩拨，引逗。"恼"字于韵当上属，于意当下属。

5　琼瓯：玉制的酒杯。

6　绛唇：朱唇。

7　"被举措"二句：谓到处被举措风流且艺足才高的艳妓挽留。在处，到处。别得，特别得到。

8　时会：时运。

9　"共绿蚁"句：谓恋着醇酒与美人，与醇酒美人共同相娱悦。绿蚁，美酒名，已见前注。尤，相恋，相娱悦。

10　绣幄：绣帐。

玉楼春

凤楼郁郁呈嘉瑞[1]。降圣覃恩延四裔[2]。醮台清夜洞天严[3]，公谯凌晨箫鼓沸。　　保生酒劝椒香腻[4]。延寿带垂金缕细。几行鹓鹭望尧云[5]，齐共南山呼万岁[6]。

《玉楼春》，乐府旧题。《花间集》顾敻词有"月照玉楼春漏促"句，又有"柳映玉楼春日晚"句，取为调名。一说调名取自白居易"玉楼宴罢醉和春"诗句；又一说李后主宫中未尝点烛，每夜则悬大宝珠，光照一室，尝赋《玉楼春》词。此调有不同诸体，俱为双调。

柳永何以在真宗与章献刘皇后执政的三十多年屡试不中，到了仁宗执政之初即一试而中呢？若结合柳永词作，恐当与政治触忌即对真宗佞道有微辞有关。柳词中有两首写真宗佞道，即《玉楼春·昭华夜醮连清曙》与此首。

青年时期的柳永年轻气盛，无进退之虑，对真宗佞道之腹诽见之于文字间，亦可谓有识矣。据《续资治通鉴长编》卷七十九载："（大中祥符五年闰十月）己巳上尊号曰'圣祖上灵高道九天司命保生天尊大帝'……"则此词当作于大中祥符五年（1012）闰十月之后。

　　观其所写谀神盛典与《宋史》记载无二,词中所写的那些排场,全是真宗迎所谓"降圣"时用的。

　　词寓反讽于歌颂之中,将君臣上下如狂般地佞道、佞降圣之丑态表露无遗。

　　全词重在铺叙,上片写真宗佞神丑态,下片写群臣庆贺。

1　"凤楼"句:谓皇宫的殿楼上日夜呈现着一片祥瑞之气。凤楼,古时楼观之屋角常饰以凤形,故云凤楼。此指皇宫之楼。郁郁,烟气升腾。此指香烟缭绕。嘉瑞,祥瑞。

2　"降圣"句:谓降圣广赐恩德于四方。降圣,谓九天司命天尊赵玄郎,乃真宗编造的赵姓始祖。覃恩,广加施恩。

3　"醮(jiào)台"句:谓日夜设坛祭奠降圣,神仙的洞府十分森严。醮台,设坛拜降圣之台。洞天,神仙的洞府。道家以为天下名山盛境,为神仙所居者谓之洞天福地。

4　椒香:椒酒之香。古人有将椒置于酒或浆中,献神或长者以示敬之俗。

5　"几行"句:谓群臣排列成行望着天子。鹓鹭,谓朝班,指群臣分站两行,如鹓鹭之井然有序。尧云,代指天子。《史记·五帝纪》:"帝尧者,放勋。其仁如天,其知如神。就之如日,望之如云。"

6　"齐共"句:谓群臣们高呼万岁,祝天子寿比南山。

柳初新

　　东郊向晓星杓亚[1]。报帝里、春来也。柳抬烟眼[2]，花匀露脸[3]，渐觉绿娇红姹[4]。妆点层台芳榭[5]。运神功，丹青无价[6]。　　别有尧阶试罢[7]。新郎君、成行如画[8]。杏园风细[9]，桃花浪暖[10]，竞喜羽迁鳞化[11]。遍九陌、相将游冶[12]。聚香尘[13]，宝鞍骄马。

　　《柳初新》，柳永自制曲，盖因咏春而得名。《乐章集》注大石调。

　　词上阕写琼林苑春景，下阕写新进士游苑盛况，必为景祐元年（1034）柳永中进士时所作无疑。

　　此词全用铺叙。词上片写汴京春景，"东郊"二句谓星杓报春，"柳抬"三句写春满人间，"妆点"三句写春景如画。写景由大到小，由远到近，层层铺设。

　　下片写进士赴琼林宴与游冶，"别有"二句写殿试后新进士成行如画，"杏园"三句写进士琼林宴盛况，"遍九陌"三句写进士满城游冶。次第写来，其喜悦之情自在其中。

　　1　"东郊"句：东郊，古有迎春之俗，逢立春日，天子率群臣迎春于东郊。向晓,凌晨。星杓,指北斗星柄之玉衡、开阳、摇光三星。观察北斗斗柄的转移,可以知四时,定节气。斗柄朝东则春至,故云。亚,犹低也,俯也。

2 "柳抬"句:柳叶初生,细长如眼,称柳眼。

3 "花匀"句:谓带露之花,宛如美人脸上均匀地施了一层薄粉。

4 绿娇红姹:谓百花开得十分漂亮。娇、姹,相对为文,谓娇美。

5 "妆点"句:谓春天将亭台打扮得十分漂亮。层台芳榭,泛指楼台亭榭。

6 "运神功"二句:意谓天运神功,将春天装扮得如图画般美丽。

7 "别有"句:谓特别是在进士放榜之后。尧阶,金殿上的台阶。尧阶试罢,指殿试刚刚结束。宋进士试分省试与殿试,礼部试称省试,皇帝亲试称殿试,亦称亲试。宋制,殿试在三月,放榜亦在三月。

8 新郎君:指初中之进士。

9 杏园风细:谓进士杏园宴时风柔日丽。杏园,园名,故址在今陕西省西安市大雁塔南。唐代新进士赐宴于此,称"杏园宴"。宋宴新进士在汴京城外西南琼林苑,故又称"琼林宴"。

10　桃花浪暖:三月桃花开,天气渐暖,故云。又,《唐摭言》:"新进士尤重樱桃宴。"此云"桃花浪暖",或时序与饮宴双关。唐宋时新进士有游冶赐宴之俗,此二句即见一斑。

11　羽迁鳞化:指中进士后身份有了巨大变化。为避免与"鳞化"重复,故用"迁"。道士成仙谓之羽化,喻其飞升变化,若生羽翼。鳞化,鱼龙变化。《辛氏三秦记》:"河津一名龙门,禹凿山开门,阔一里余。黄河自中流下,而岸不通车马。每暮春之际,有黄鲤鱼逆流而上,得过者便化为龙。"

12　"遍九陌"句:意谓新进士们相偕满京城游乐。九陌,汉长安城九条大道,此指汴京。相将,相偕,相共。按,相将,实为陕西方言,今则音转为"相干"。游冶,出游寻乐。

13　香尘:芳香之尘,多指女子之步履而起者。

满江红

　　暮雨初收，长川静[1]、征帆夜落[2]。临岛屿、蓼烟疏淡[3]，苇风萧索。几许渔人飞短艇[4]，尽载灯火归村落。遣行客、当此念回程[5]，伤漂泊。　　桐江好[6]，烟漠漠[7]。波似染，山如削。绕严陵滩畔[8]，鹭飞鱼跃。游宦区区成底事[9]，平生况有云泉约[10]。归去来、一曲仲宣吟，从军乐[11]。

　　《满江红》，唐人小说《冥音录》载曲名有《上江虹》，后更名《满江红》，自柳永始填此调，有仄韵、平韵两体，此词仄韵，为正体。

　　词上阕写行役，又谓"蓼烟疏淡，苇风萧索"，点明为六七月之景。词下阕写严陵滩景色，知写于柳永赴睦州任经严陵濑时，或自睦州移任余杭县令时，当作于景祐元年至二年（1034—1035）之间。

　　词上片写景。首二句写船靠码头，"几许"二句写渔人夜归，至"遣行客"二句始及漂泊之情。

　　下片"桐江好"六句复掉转笔头写桐江美景，连用三字句，音节铿锵和婉。"游宦"四句抒欲归隐之志。柳永用王粲典,盖亦希冀明主一售耳。

　　结尾写及归隐,乃因严子陵而顺笔及之,非柳永刚出仕即想归隐也。词人因景及情,缘事而感,又肆口而发,不必坐实索解。

1　长川静:长河一片平静。川,指江河。

2　征帆夜落:谓船至夜而靠岸。

3　"蓼烟"二句:谓雨后微风细细,烟雾濛濛。蓼、苇,相对为文,皆水边所生之草。

4　"几许"句:若干打渔人飞快地划着小船。几许,多少,若干。

5　"遣行客"句:使出外远行的人,面对着此情此景,不免想起了回程。行客,词人自谓。

6　桐江:富春江的上游,即钱塘江流经浙江桐庐县境的一段,两岸风景优美,波平浪静。

7　烟漠漠:烟雾迷蒙。

8　严陵滩:亦名严陵濑,在浙江桐庐县境,《后汉书·严光传》:"严光字子陵,一名遵,会稽余姚人也。……除为谏议大夫,不屈,乃耕于富春山,后人名其钓处为严陵濑焉。"

9　"游宦"句:意谓为了一个小小的官职而到处飘游,这又何必呢? 游宦,春秋战国时期,士人离开本国至他国谋求官职,谓之游宦,后泛指为当官而到处飘游。底事,何事,为了什么事呢?

10　云泉约:意谓归隐。云泉,泛指美丽的景色。云泉约,犹云"云山约",引申为远离尘世归隐。

11　"归去来"二句:意谓欲效陶渊明躬耕陇亩,也像王粲一样早早归故乡。陶渊明《归去来兮辞》:"归去来兮,田园将芜,胡不归。"后以"归去来"喻归隐。王粲,字仲宣,建安七子之一。王粲因不得志而作《登楼赋》,以抒归土怀乡之情。后为曹操所重,晚年又从军。柳永用王粲典,虽有归隐之意,但亦是为文造情,非真心归隐,实乃希冀如王粲一样,能得到明主重用。

留客住

偶登眺。凭小阑[1]、艳阳时节[2]，乍晴天气[3]，是处闲花芳草[4]。遥山万叠云散，涨海千里[5]，潮平波浩渺[6]。烟村院落[7]，是谁家、绿树数声啼鸟。　　旅情悄[8]。远信沉沉[9]，离魂杳杳[10]。对景伤怀，度日无言谁表[11]。惆怅旧欢何处[12]，后约难凭，看看春又老。盈盈泪眼，望仙乡、隐隐断霞残照[13]。

《留客住》，唐教坊曲名，柳永始以此填词，《乐章集》注林钟商。

此词当写于景祐二、三年（1035—1036）之间柳永为余杭令时。

词上片写景，下片抒情。

上片首四句总写春景，"遥山"三句写钱塘海潮，"烟村"三句写远望所见。

下片抒情，"旅情"五句抒旅情离魂，对景伤怀，"惆怅"三句怀旧念远，"盈盈"三句远望故乡，但惟见断霞残照而已。

1　小阑：楼阁或阶前的栏杆。

2　艳阳时节：谓春天。

3　乍晴：刚晴。

4　是处：到处。

5　涨海：涨潮之海。此谓杭州湾之海。钱塘潮以每年八月十五至十八日为最盛。

6　浩渺：水面旷远辽阔。

7　烟村：烟雾缭绕的村庄。

8　悄：寂寞。

9　远信沉沉：谓家书遥遥无期。

10　离魂杳杳：意谓宦游在外，归期渺茫。离魂，指远游他乡的旅人。杳杳，渺茫。

11　谁表：谁能鉴察，向谁表白。

12　旧欢：指旧日所欢爱的人。

13　"望仙乡"二句：谓远望所欢的居处，而所望到的只是断霞残照。

河 传

淮岸[1]。向晚[2]。圆荷向背[3]，芙蓉深浅[4]。仙娥画舸，露渍红芳交乱。难分花与面[5]。　　采多渐觉轻船满。呼归伴。急桨烟村远[6]。隐隐棹歌，渐被蒹葭遮断[7]。曲终人不见[8]。

《河传》，宋王灼《碧鸡漫志》云："《水调河传》，炀帝将幸江都时所制，声韵悲切。"《河传》之名始于隋代，其词则创自唐温庭筠。

然温词五十五字，柳永则增至五十七字，前片均七句五仄韵，后片六句五仄韵，亦与温词前片七句两仄韵五平韵、后片七句三仄韵四平韵者不同。

观其"圆荷向背，芙蓉深浅"句，知词写八月之景，又谓"淮岸"，当为景祐四年（1037）八月到泗州判官任时所作。泗州（今江苏盱眙），宋属淮南东路，地处洪泽湖南岸。

"淮岸"二句仅四字，即交代了时间与地点，笔墨洗练。"圆荷"二句用对语，只八字即写尽荷叶、荷花之色与态，遒劲之极。"仙娥"三句写花面与人面相映，娇艳之极，又清秀之极。

"采多"三句，一句一景，宛如一幅莲娃夜归图。结尾用钱起"曲终人不见，江上数峰青"诗意，殊觉余音袅袅，回味无穷。

1　淮岸：指淮水之岸。

2　向晚：临晚。

3　"圆荷"句：谓荷叶在风中摇曳，一会儿面朝人，一会儿又背朝人。

4　芙蓉：荷花的别名。

5　"仙娥"三句：谓画舸上盛装的采莲女与露渍红芳交相辉映，让人眼花缭乱，分不清花面与人面。

6　烟村：暮霭中的村庄。

7　"隐隐"二句：谓隐隐约约的渔歌声，渐渐被水边的芦苇遮断了。

8　"曲终"句：钱起《省试湘灵鼓瑟》："曲终人不见，江上数峰青。"

如鱼水

轻霭浮空[1]，乱峰倒影，潋滟十里银塘[2]。绕岸垂杨。红楼朱阁相望[3]。芰荷香[4]。双双戏、鹨鹕鸳鸯[5]。乍雨过、兰芷汀洲[6]，望中依约似潇湘[7]。　　风淡淡，水茫茫。动一片晴光。画舫相将[8]。盈盈红粉清商[9]。紫薇郎[10]。修禊饮[11]、且乐仙乡。更归去、遍历銮坡凤沼[12]，此景也难忘。

此词为赠人词无疑，综合判断，应为赠吕夷简。

柳永于宝元元年（1038）正二月改官著作郎，授西京陵台令，既为清望之官，又为清闲之官，除四时祭祀及兼管永安县事者外（永安县还另有命官知县事），别无其他职守。吕夷简出判许州时，于宝元元年春视察颍州，柳永以陵台令之职亦"追陪"至颍，故在颍作此词赠吕夷简。

词上片写景，下片写禊宴。

"轻霭"三句总写颍州西湖美景，首二句又用对语，状景如画。"绕岸"二句写湖周景观，"芰荷"二句写湖中美禽，"乍雨过"二句又以潇湘为喻。

如此由大到小，由远到近，由白描到比喻，将颍州西湖之美写到十分。

　　下片写褉饮。首三句紧承上文,先写湖上晴景,"画舫"二句写营妓佐酒清歌,"紫薇郎"二句写赠主与民共同修褉之乐,"更归去"二句既祝愿赠主不久归朝,又赞颂此乐难忘,一举二得。

1　轻霭:淡淡的云雾。

2　"乱峰"二句:谓群山的倒影映在十里银塘中。颍州(今安徽阜阳)有西湖,长三里,广十里,与词中所写"潋滟十里银塘"之景色特点,可谓妙合无垠。

3　相望:相对。

4　芰(jì)荷:指菱叶与荷叶。皆有香味。

5　鸂鶒(xī chì):鸟名,似鸳鸯而稍大,羽五彩而多紫色,故又名紫鸳鸯。

6　兰芷汀洲:谓水边陆地上长满了香草。兰、芷,皆香草。

7　潇湘:潇水与湘水,皆在湖南境。此处指颍州(今安徽阜阳),阜阳有颍、汝二水于境内入淮河,与潇、湘二水会于零陵相似。

8　相将:相偕,相共。

9　"盈盈"句:盈盈,仪态美好。红粉,指美女,歌妓。清商,即《清商三调》,乐曲名。此处泛指歌曲。宋代营妓(官妓)有佐酒陪宴之责,此句即见其俗。

10　紫薇郎:本作紫微郎,即中书郎,全称为中书侍郎,位在中书令下,唐宋皆然。宋制,中书令不轻除,中书侍郎即谓宰相。

11　修禊:见前《小镇西犯》(水乡初禁火)阕注。

12　銮坡凤沼:谓翰林院与中书省。銮坡,即金銮坡,唐时翰林院所在地。凤沼,即凤凰池,中书省所在地。唐宋时多以凤池目宰相。

玉蝴蝶

渐觉芳郊明媚[1]，夜来膏雨[2]，一洒尘埃。满目浅桃深杏[3]，露染风裁[4]。银塘静、鱼鳞簟展[5]，烟岫翠[6]、龟甲屏开[7]。殷晴雷[8]。云中鼓吹，游遍蓬莱[9]。　　徘徊[10]。隼旟前后[11]，三千珠履[12]，十二金钗[13]。雅俗熙熙[14]，下车成宴尽春台[15]。好雍容、东山妓女[16]，堪笑傲、北海尊罍[17]。且追陪[18]。凤池归去[19]，那更重来。

———

此词应与《如鱼水》（轻霭浮空）为一时之作，观其上阕写景与下阕命意，所谓"鱼鳞簟展"，"龟甲屏开"，"隼旟前后，三千珠履，十二金钗。雅俗熙熙，下车成宴尽春台"，"东山妓女"，"北海尊罍"，"且追陪。凤池归去，那更重来"，等等，则亦当为颍州之景，且上阕谓"乍雨过"，此阕谓"夜来膏雨"，时序亦相关联，当为一时之作无疑，其赠主亦非吕夷简者莫属。

与上阕写景以银塘为主不同，此阕写景视野则广阔得多；且上阕多白描，此阕则多渲染。

上片首三句总写郊野春景，突出雨后景色之明秀。"满目"二句写桃杏之妖娆，强调"露染风裁"之化工。"银塘"二句极尽渲染之能事,"殷晴雷"三句写赠主游冶,极尽形容。

　　下片极尽铺排,"徘徊"四句写游冶场面之壮观,"雅俗"二句歌颂赠主与民同乐,治绩卓著。"好雍容"二句歌颂赠主有谢安之雅、孔融之豪。结二句祝愿赠主还朝再为宰相。

1　芳郊:芳菲的郊野,谓春天到处是鲜花一片。

2　夜来膏雨:谓昨晚下了一场好雨。夜来,昨日。膏雨,如膏之雨,即滋润万物的甘霖、霖雨。

3　"满目"句:谓一眼望去,到处是鲜花。浅、深,相对为文。

4　露染风裁:谓颜色鲜嫩,如露染出;风姿妖娆,如春风裁出。

5　鱼鳞簟展:形容湖面之波纹若鱼鳞席般展开。鱼鳞簟,鱼鳞席。与下之"龟甲屏"相对。

6　烟岫:轻雾笼罩的山峰。

7　龟甲屏开:形容山色若龟甲屏般一层一层展开。此二句写颍州之湖光山色。

8　殷晴雷:晴天一声雷响。殷,雷声。

9　"云中"二句:意谓像仙人驾云车游海上三神山一样,乐队在前开道,鼓乐齐鸣。鼓吹,演奏乐曲。蓬莱,海上三神山之一。

10　徘徊:流连回旋。

11　隼(sǔn)旟(yǔ):画隼的旗帜,古代州郡长官所建之旗。

隼，为猛禽，亦名鹘。

12　三千珠履：意谓有许多穿着华贵的清客前呼后拥。此用春申君典。《史记·春申君列传》："春申君客三千余人，其上客皆蹑珠履以见赵使，赵使大惭。"珠履，饰以珠玉的鞋子。

13　十二金钗：谓有许多漂亮的歌妓前呼后拥。此用石崇典。《拾遗记》："（石）崇尝择美容姿相类者十人，装饰衣服，大小一等……使翔风调玉以付工人，为倒龙之佩，萦金为凤冠之钗……玉声轻者居前，金色艳者居后。"诗家以金钗称美女者本此。十二，言其多。宋制，官妓有陪长官游宴之责。

14　雅俗熙熙：意谓与民同乐，无论雅者与俗者，均熙熙攘攘，追随左右。

15　"下车"句：意谓刚刚到任即受到欢迎，到处欢歌笑语，一片太平景象。《礼记》："武王克殷反商，未及下车而封黄帝之后于蓟，封帝尧之后于祝，封帝舜之后于陈，下车而封夏后氏之后于杞。"后世因称官吏初到任为"下车"。尽春台，尽是一片太平景象。老子《道德经》："众人熙熙，如享太牢，如登春台。"

16　"好雍容"句：仪态温文大方的歌妓。东山妓女，用谢安典。《晋书·谢安传》："安虽放情丘壑，然每游赏，必以妓女从。"东山，在今浙江上虞西南四十五里，曾为谢安所居，安常携妓女宴于此。

17　"堪笑傲"句：谓其嗜酒好客,完全可以笑傲孔融。北海,指孔融。尊罍,指酒樽与酒壶。北海尊罍,谓孔融常开酒宴以延客。《后汉书·孔融传》："(融)性宽容少忌,好士,喜诱益后进。及退闲职,宾客日盈其门。常叹曰：'坐上客恒满,尊中酒不空,吾无忧矣。'"

18　追陪：伴随。此为柳永自谓。

19　凤池归去：意谓回朝再任宰相。凤池,凤凰池,禁中池沼,中书省所在地。《晋书·荀勖传》："勖久在中书,专管机事。及失之,甚惆惆怅怅。或有贺之者,勖曰：'夺我凤凰池,诸君贺我邪!'"故唐宋时多以凤池目宰相。

合欢带

身材儿、早是妖娆[1]。算举措[2]、实难描。一个肌肤浑似玉[3]，更都来[4]、占了千娇。妍歌艳舞，莺惭巧舌，柳妒纤腰[5]。自相逢、便觉韩娥价减，飞燕声消[6]。　　桃花零落，溪水潺湲，重寻仙径非遥[7]。莫道千金酬一笑[8]，便明珠、万斛须邀[9]。檀郎幸有[10]，凌云词赋[11]，掷果风标[12]。况当年、便好相携，凤楼深处吹箫[13]。

《合欢带》，柳永自制曲，盖因咏合欢而取名，《乐章集》注林钟商。

此词为恋妓词。观其用刘阮再上天台典，似当作于出仕后再回汴京时。而柳永出仕后再回汴京，仅庆历元年（1041）与晚年将要退休或已退休两次耳。原之以理，当作于庆历元年回汴京为官时。

复审全词，在汴京众多妓女中，堪称柳永之红粉知己者数人而已，而在此数人中，使柳永魂牵梦绕者则惟虫虫一人耳，岂其回汴京后作此词给虫虫欤？姑系于此。

此词写妓女与才子的互相爱慕。

　　上阕从才子着笔,写歌妓的漂亮。首二句写其身材之美与仪态之美。"一个"二句写其肤色白嫩,仪态千娇。"妍歌"三句写其能歌善舞,"自相逢"三句谓其超过韩娥、飞燕。

　　下阕另辟蹊径,"桃花"三句用刘晨、阮肇典写重寻所欢,"莫道"三句写所欢其价无比。"檀郎"三句又从歌妓着笔,写对才子才情的思慕。"况当年"三句写双方早有相期之情。

　　连连用典却不为典所隔,遂使全词意味悠长。

1　"早是"句:已是妖媚多姿。《诗词曲语辞汇释》:"早是,犹云本是或已是也。"妖娆,亦作"妖饶",妖媚多姿。

2　算举措:料想风流举措。算,料想。

3　"一个"句:谓整个肌肤如玉般温润。一个,整个。

4　更都来:更算来。《诗词曲语辞汇释》:"都来,犹云统统也,不过也,算来也。"

5　"妍歌"三句:谓其歌舞双擅,歌声胜过黄莺,舞腰压倒柳枝。

6　"便觉"二句:(与你比起来,)便觉得韩娥的歌声也减了价钱,赵飞燕的舞姿也销声匿迹。韩娥,古代有名的歌女。《列子·汤问》:"昔韩娥东之齐,匮粮,过雍门,鬻歌假食。既去而余音绕梁欐,三日不绝,左右以其人弗去。过逆旅,逆旅人辱之。韩娥因曼声哀哭,一里老幼悲愁,垂涕相对,三日不食。

遽而追之，娥还，复为曼声长歌，一里老幼喜跃抃舞，弗能自禁，忘向之悲也。乃厚赂发之。故雍门之人，至今善歌哭，仿娥之遗声。"飞燕，即赵飞燕。

7 "桃花"三句：用刘晨、阮肇典，意谓重新追寻到你的踪迹，想来是不难的。按：刘晨、阮肇入天台山事，最早见于南朝宋刘义庆《幽明录》。唐曹唐作《刘晨阮肇游天台》、《刘阮洞中遇仙》、《仙子送刘阮出洞》、《仙子洞中有怀刘阮》、《刘阮再到天台不复见仙子》等组诗，将刘阮事更加故事化、香艳化，诗人们又演为刘阮再上天台事。

8 "莫道"句：南朝梁王僧孺《咏宠姬》："再顾连城易，一笑千金买。"

9 "便明珠"句：就是须用万斛明珠相邀也值得。

10 檀郎：指漂亮的男子。此谓所欢。潘安貌美，小字檀奴，故女子称其所爱曰檀郎。

11 凌云词赋：谓作起辞赋来，如司马相如的辞赋一样意气高超。《史记·司马相如列传》："相如既奏《大人》之颂，天子大说(悦)，飘飘有凌云之气，似游天地之间意。"

12 "掷果"句：《语林》："安仁(即潘岳)至美，每行，老妪以果掷之满车。"风标，风致，风姿。

13 "况当年"三句：况且正当美妙年华，应效弄玉、萧史吹箫于凤楼。汉刘向《列仙传》："萧史者，秦穆公时人也。善吹箫，能致孔雀、白鹤于庭。穆公有女字弄玉,好之,公遂以女妻焉。日教弄玉作凤鸣,居数年,吹似凤声,凤凰来止其屋。公为作凤台,夫妇止其上,不下数年。一旦,皆随凤凰飞去。"

满朝欢

　　花隔铜壶[1]，露晞金掌[2]，都门十二清晓[3]。帝里风光烂漫[4]，偏爱春杪[5]。烟轻昼永，引莺啭上林[6]，鱼游灵沼[7]。巷陌乍晴，香尘染惹，垂杨芳草。　　因念秦楼彩凤，楚观朝云[8]，往昔曾迷歌笑。别来岁久，偶忆欢盟重到。人面桃花，未知何处，但掩朱扉悄悄[9]。尽日伫立无言，赢得凄凉怀抱[10]。

　　《满朝欢》，柳永自制曲，盖取满朝欢乐之意。《乐章集》注大石调，柳永之后，再无人以此调填词者。

　　综观词意，写出仕后再回汴京寻找当年红粉知己。而柳永出仕后再回汴京为官，仅庆历元年至二年两年耳，当以写于庆历元年（1041）刚刚回汴京为宜。

　　柳永在汴京有红粉知己数人，尤以名虫虫者感情特深，此人去楼空之红粉知己，岂其虫虫欤？岂其重寻"欢盟"而未遇欤？

　　此词上片写景层次分明，重点突出。"花隔"三句写汴京清晓，"帝里"二句写春末特别美丽，"烟轻"三句突出禁苑灵沼，"巷陌"三句写汴京晴景。

　　下片首三句追忆旧日所欢,"别来"二句写久别重到,"人面"三句用崔护谒浆典,写时世变迁,人去楼空。"尽日"二句抒其凄凉怀抱。

　　上片之美景与下片之凄凉,形成鲜明的反差。

1　"花隔"句:谓隔夜之花,即朝花。铜壶,铜制壶形的计时器。

2　露晞金掌:谓日出后,仙人承露盘上的露水也慢慢干了。典出《三辅黄图》:"汉武帝以铜作承露盘,高二十丈,大七围,上有仙人掌承露,和玉屑饮之以求仙也。"晞,干。

3　清晓:即清晨。

4　帝里:指京都。

5　春杪:春末。

6　上林:即上林苑。秦旧苑,汉初荒废,至汉武帝时重新扩建,故址在今西安市西及户县、周至界。后泛称禁苑为上林。按《宋会要辑稿·方域一》所载,宋代禁苑池沼颇多,以汴京外城西南之顺天门外琼林苑最为有名。

7　灵沼:周时池沼,在长安二十里处。此指宋琼林苑中的金明池。

8　"因念"二句:意谓想念意中人。秦楼、楚观,皆妓女所居

之处。彩凤、朝云,皆谓美人。秦楼彩凤,典出《列仙传》,见前

引。楚观朝云,典出《神女赋》楚襄王梦朝云事。

9 "人面"三句:意谓时世变迁,人去楼空。典出《本事诗》:

崔护清明日,独游都城南,得居人庄,一亩之宫,而花木丛萃。

叩门求浆,有女子开门,以杯水饮护,四目相视,属意甚殷。来

岁清明,护复往,则门墙如故,而已锁扃之。因题诗于左扉曰:

"去年今日此门中,人面桃花相映红。人面不知何处去,桃花

依旧笑春风。"

10 赢得:落得。

御街行

燔柴烟断星河曙[1]。宝辇回天步[2]。端门羽卫簇雕阑[3]，六乐舜韶先举[4]。鹤书飞下[5]，鸡竿高耸[6]，恩霈均寰宇[7]。　赤霜袍烂飘香雾[8]。喜色成春煦[9]。九仪三事仰天颜[10]，八彩旋生眉宇[11]。椿龄无尽[12]，萝图有庆[13]，常作乾坤主[14]。

《御街行》，《乐章集》注明为双调，是唐教坊十八调之一，曲名为柳永自制。盖因写御楼肆赦，故取以为名。

此词毛本与《全宋词》本题曰"圣寿"，均误。

宋制每三年一郊祀，祀后必大赦。据《宋史·仁宗纪》载：庆历元年（1041）十一月"丙寅，祀天地于圜丘，大赦，改元"；四年（1044）十一月"壬午，冬至，祀天地于圜丘，大赦"。但庆历四年，柳永已至成都，不在汴京，故又知此词当写于庆历元年（1041）十一月大赦时。

此词是记宋代御楼肆赦的罕见的艺术文献。

上片写肆赦场面："燔柴"二句写祭天之后天子回鸾。"端门"二句写肆赦仪式开始时之天子仪仗与奏乐。"鹤书"三句写卫士缘竿而上摘取赦书始末。

　　下片写肆赦后之庆祝场面："赤霜"二句写肆赦后天子之端坐御位，"喜色成春煦"。"九仪"二句写群臣庆贺，天子眉飞色舞。"椿龄"三句写群臣祝愿天子万寿无疆。

1　"燔柴"句：意谓祭天的仪式结束后天已明了。燔柴烟断，祭天的仪式刚刚结束。《礼记·祭法》："燔柴于泰坛，祭天也。"星河，天河。

2　"宝辇"句：意谓皇帝乘鸾驾返回。宝辇，饰以金玉之车，此处谓天子之车。天步，天子回鸾。

3　"端门"句：谓端门外皇帝的卫士与仪仗聚集在栏杆前。端门，宫殿的正南门。羽卫，皇帝的卫队与仪仗。雕阑，雕花彩饰的栏杆。

4　"六乐"句：谓六乐之中先奏舜之《韶》乐。六乐，谓云门、大咸、大韶、大夏、大濩、大武，六乐皆舞乐。大夏、大濩、大武，为夏、商、周三代之乐。舜韶，谓舜命夔所制之《韶》乐。宋制，大赦用雅乐，"圣寿"用燕乐。据此句即可断非写"圣寿"。

5　"鹤书"句：意谓皇帝赦免罪犯的赦书从鹤口中漫漫飞下。鹤书，悬于木鹤口中的赦书。

6　鸡竿：悬赦书的高竿，上有木鸡，故名。

7　"恩霂"句：谓天下所有的人包括囚犯在内，都能蒙受到皇帝如霂然甘霖般的恩德。寰宇，犹天下。

8　"赤霜袍"句：意谓皇帝穿着赤霜袍，端坐在缭绕的香雾之
中。赤霜袍，传说中神仙所穿之袍，此处谓皇帝之袍。

9　"喜色"句：谓肆赦时的喜庆气氛，像春阳一样和煦。

10　"九仪"句：谓参加肆赦的大官们都瞻仰皇帝之仪容。九
仪，周代对九种命官的授命仪式，此处谓司九仪之官。三事，
本指天、地、人三事，此指治天、地、人三事之大夫，即三公。

11　"八彩"句：谓皇帝也旋即高兴得眉额间生出八彩。《春秋
元命苞》："尧眉八彩，舜目重瞳。"

12　"椿龄"句：意谓万寿无疆。《庄子·逍遥游》："上古有大
椿者，以八千岁为春，八千岁为秋。"

13　"萝图"句：意为普天同庆。萝图，本为以香萝织成的坐
席。《淮南子》："往古之时，援绝瑞，席萝图。"注："萝致图籍而
席之。"后或以萝图为皇图，意为国境之内。

14　"常作"句：谓常作天下之主，即祝愿天子万寿无疆。

倾杯乐

禁漏花深[1]，绣工日永[2]，蕙风布暖[3]。变韶景[4]、都门十二[5]，元宵三五[6]，银蟾光满[7]。连云复道凌飞观[8]。耸皇居丽[9]，嘉气瑞烟葱蒨[10]。翠华宵幸[11]，是处层城阆苑[12]。　　龙凤烛、交光星汉[13]。对咫尺鳌山开雉扇[14]。会乐府两籍神仙[15]，梨园四部弦管[16]。向晓色、都人未散[17]。盈万井[18]、山呼鳌抃[19]。愿岁岁，天仗里[20]、常瞻凤辇[21]。

此词写汴京元宵盛况。词尾有"愿岁岁，天仗里，常瞻凤辇"句，知其当写于在汴京为官时。

考柳永中进士之后，惟庆历元年（1041）春至二年（1042）底为太常博士在京，其时差遣如何无考，但在京任差遣无疑，此词则当写于其时。况元年元宵节柳永是否能自洛阳到汴京，很难断定，故又知当写于庆历二年为宜。

其时柳永正蒙仁宗极大信任，为仁宗近臣无疑。天子大礼均参与其事，故柳永能知其详，写来亦得心应手。

此词写元宵观灯盛况，极尽铺排之能事。

上片首三句写禁中春晓，天气变暖。"变韶景"三句写元

宵之夜,月光泻地。"连云"三句写皇居壮丽,谓"连云复道"、
"瑞烟葱蒨",极尽颂扬。"翠华"二句写皇帝观灯,到处是一片
仙境。

下片首四句直承上片,写皇帝仪仗与御乐。"向晓"二句
写皇帝与民同乐之场面,由夜到晓,万众欢呼。"愿岁岁"二
句希冀自己能常常伴随在皇帝身边,虽带酸儒俗气,却也真实
可信。

1　"禁漏"句:谓宫苑中春色正浓。禁漏,禁中之漏,亦即宫中
　　之漏。此处代指禁中,亦即宫中。花深,谓花开得正浓。

2　绣工日永:谓春工如绣工般,将春天打扮得十分美丽,天也
　　一天一天地长了。

3　蕙风:和暖的春风。

4　韶景:美景。

5　都门十二:古长安城南北向与东西向各三条大街,故共九
　　衢十二门,面三门。此指汴京之城门。

6　元宵三五:即正月十五元宵节之夜,亦称元夜,元夕。

7　银蟾:月亮。《后汉书·天文志》刘昭注引张衡《灵宪》:
　　"羿请不死之药于西王母,姮娥(即嫦娥)窃之以奔月,是为蟾
　　蜍。"其后因称月为蟾蜍、银蟾,称月光为蟾光。

8　"连云"句:谓复道高耸入云,楼观凌空如飞。复道,架在楼

阁之间的两层通道。

9　耸皇居丽：高耸的皇家宫殿富丽堂皇。

10　"嘉气"句：紧承上句，谓皇宫内充满了祥瑞气象，到处郁郁葱葱。嘉气，祥瑞之气。瑞烟，祥瑞的烟景。葱蒨（qiàn），草木青翠繁盛。

11　翠华宵幸：谓皇帝亲自临幸赏元宵。翠华，天子之旗，以其用翠羽为饰，故名。此处代指天子。幸，皇帝所至。

12　"是处"句：到处都像神仙所居的地方一样华丽。是处，到处。层城、阆苑，皆神仙所居之所。

13　"龙凤"句：谓龙凤烛光与天河之光交相辉映。龙凤烛，禁中之烛，上刻龙凤之形，故称。星汉，天河，亦名星河、河汉、云汉、天杭、银潢等。

14　"对咫尺"句：谓皇帝的宝座与灯山近在咫尺。鳌山，饰以彩灯之假山。雉扇，即雉尾扇，帝王仪仗用具之一。

15　"会乐府"句：谓教坊小儿舞队与女弟子舞队。《宋史·乐十七》："每上元观灯，楼前设露台，台上奏教坊乐、舞小儿队。台南设灯山，灯山前陈百戏，山棚上用散乐、女弟子舞。"两籍神仙，即指小儿舞与女弟子舞。

16　"梨园"句：梨园，即教坊，唐明皇将教坊设于梨园，故称。四部弦管，指金石丝竹。

17　"向晓色"句：谓到了天破晓的时候,京城赏元宵的人还未散尽。

18　万井：指千家万户。

19　山呼鳌抃：山也欢呼,鳌也鼓舞。形容场面热闹。抃,原意为两手相击,即鼓掌,此处应作鼓舞解。

20　天仗：天子之仪仗。

21　常瞻凤辇：谓常常能看到天子的仪容。凤辇,天子所乘之车,此处代指天子。

破阵乐

露花倒影[1]，烟芜蘸碧[2]，灵沼波暖[3]。金柳摇风树树[4]，系彩舫龙舟遥岸[5]。千步虹桥[6]，参差雁齿[7]，直趋水殿[8]。绕金堤[9]、曼衍鱼龙戏[10]，簇娇春罗绮[11]，喧天丝管[12]。霁色荣光，望中似睹，蓬莱清浅[13]。　　时见[14]。凤辇宸游[15]，鸾觞禊饮[16]，临翠水[17]、开镐宴[18]。两两轻舠飞画楫[19]，竞夺锦标霞烂[20]。罄欢娱[21]，歌鱼藻[22]，徘徊宛转。别有盈盈游女，各委明珠，争收翠羽[23]，相将归远。渐觉云海沉沉[24]，洞天日晚[25]。

《破阵乐》，唐教坊曲名，《宋史·乐志》注正宫调，《乐章集》注林钟商。此调有数体，以柳词为正体。

此词所写景观全在金明池与琼林苑，为柳永曾亲历亲见者，当写于庆历元年至二年在汴京任时，至如究竟作于哪一年，则无从确考。

词写禊饮盛况，音调谐婉，叙事闲雅，疏中有密，动中有静，为柳词中名篇。

上片首三句写金明池水波平如镜，且用一击两鸣之法，仅言"露花倒影,烟芜蘸碧",即知其波平如镜矣。"金柳"五句由远及近,写景如画。"雾色"三句与篇首呼应,收束上片。

下片则另开生面,写皇帝与民同乐。"时见"四句密处能疏,一句一意,紧逼直下。"别有"四句又于大热闹处写一大静场,别有情致。"渐觉"收束全词,余音袅袅。

全词丝丝紧扣,一丝不紊。

1　"露花"句:谓带露的花在水中映出倒影。

2　烟芜蘸碧:笼罩在一片淡淡雾中的青草,挨着池中的碧水。

3　灵沼:此指宋琼林苑中之金明池。池在顺天门街北,周围约九里三十步。

4　"金柳"句:谓垂柳呈现出一片金黄色,在风中摇曳。

5　"系彩舫"句:谓远远望去,对岸系着供皇帝乘坐的龙舟与准备供戏游的彩船。

6　千步虹桥:谓长长的虹桥。古人以步为度量单位,一步为五尺。虹桥,拱桥。

7　参差雁齿:谓虹桥上的台阶高低排列如雁齿般整齐。雁齿,喻排列整齐之物。

8　水殿:营建于水上之亭殿。金明池有水殿。

9　金堤:旁植柳树之堤。

10　"曼衍"句:见前《柳初新》(东郊向晓星杓亚)阕注。

11　"簇娇春"句:聚集着一群穿着娇艳来闹春的美女。

12　喧天丝管:谓音乐声喧天。

13　"霁色"三句:天气晴朗,花木沐浴在春风中,光泽鲜亮;一眼望去,金明池好像唐代的蓬莱池水一般清澈。荣光,花木的光泽。蓬莱,指蓬莱池,在陕西长安县东蓬莱宫附近。蓬莱宫,唐宫名,原名大明宫,高宗时改为蓬莱宫。清浅,清澈而不深。此处为偏义,指清澈。

14　时见:意谓突然看见,不期然而看见。

15　凤辇宸(chén)游:谓皇帝出游。凤辇,皇帝所乘之车。宸,北极星所在为宸,皇帝如北极之尊,故后借用为皇帝所居,又引申为皇帝的代称。

16　"鸾觞"句:谓举杯与群臣共饮禊宴酒。鸾觞,刻有鸾鸟花纹的酒杯。禊饮,被禊之后的饮宴,详见前注。

17　翠水:清莹的水。

18　镐宴:即天下太平君臣同乐的御宴。《诗经·小雅·鱼藻》:"王在在镐,岂乐饮酒。"郑玄笺:"天下平安,万物得其性。武王何所处乎?处于镐京,乐八音之乐,与群臣饮酒而已。"后以"镐宴""镐饮"代指天下太平,君臣同乐。此指皇帝宴群僚的禊宴。

19　舠(dāo):形如刀之小船。

20　"竞夺"句：谓夺锦标之戏的场面，就像彩霞般烂漫。

21　罄欢娱：尽情欢娱。

22　鱼藻：《诗经》中歌颂武王的诗篇。《诗序》曰："王居镐京，将不能以自乐，故君子思古之武王焉。"

23　"各委"二句：每个人都佩垂着明珠，争着去拾河岸边的翠羽。委，委佩，委垂。翠羽，翠鸟的羽毛，可作饰物。

24　云海沉沉：谓高远空阔的天空渐渐昏暗起来。云海，指高远空阔的天空。

25　洞天：道教称神仙居处，意谓洞中别有天地。后泛指风景胜地。

送征衣

过韶阳[1]。璇枢电绕，华渚虹流[2]，运应千载会昌[3]。罄寰宇、荐殊祥[4]。吾皇[5]。诞弥月[6]，瑶图缵庆[7]，玉叶腾芳[8]。并景贶、三灵眷祐[9]，挺英哲、掩前王[10]。遇年年、嘉节清和[11]，颁率土称觞[12]。　　无间要荒华夏[13]，尽万里、走梯航[14]。彤庭舜张大乐，禹会群方[15]。锵行[16]。望上国[17]，山呼鳌抃[18]，遥爇炉香。竞就日、瞻云献寿[19]，指南山、等无疆[20]。愿巍巍、宝历鸿基[21]，齐天地遥长。

《送征衣》，为柳永自制曲，后无人再填此调。《乐章集》注中吕宫。

此首与另一首《永遇乐》（熏风解愠）均为仁宗祝寿词，当写于庆历元年到二年柳永在京为官期间。柳永在汴京只有二年，即写了两首祝寿词，说明每年写一首。至如究竟此首作于元年还是二年，则无从确考。

上片首五句赞颂仁宗应瑞而生，普天同庆。"吾皇"四句作倒转之笔，写仁宗降生，皇图有继。"并景贶"二句谓仁宗深得三灵眷祐，英哲超过前王。"遇年年"二句指出仁宗生日，收束上片。

　　下片合而复开，写属国派使臣前来庆贺。"鹓行"四句写使臣为仁宗祝寿，"竟就日"二句写臣下祝寿。"愿巍巍"二句祝仁宗万寿无疆，收束全篇。

　　场面极大，却写得极有层次，开合有度。

1　韶阳：犹言韶光、韶华，谓美好的时光。

2　"璇枢"二句：意谓仁宗皇帝非同凡人，生时即有祥瑞之兆。璇枢，北斗七星的第二星与第一星，此处代指北斗。传说黄帝生时电光绕北斗。华渚，古代传说中的地名。传说有星如虹，流于华渚，则少昊（hào）生。

3　"运应"句：谓明主（仁宗）降生，国运理应昌盛，绵续千年。会昌，会当昌盛。

4　"罄寰宇"句：意谓举国上下都在祭奠神灵，庆祝这个吉庆的日子。罄，尽。荐，祭奠神灵祈福。殊祥，特殊的祥瑞。

5　吾皇：指仁宗。

6　诞弥月：谓怀胎满十月而降生。《诗经·大雅·生民》："诞弥厥月，先生如达。"诞，语助词。弥，终也，终十月之期。达，谓生之易也。原诗是对后稷的赞颂，此处用来赞颂"吾皇"即宋仁宗。

7　"瑶图"句：谓国运亨通，皇图有继，普天同庆。瑶图，即璇图,指国家的版图,引申为国运。缵,继也。

8　玉叶腾芳:意谓皇嗣兴旺。《古今注》:"(黄帝与)蚩尤战于涿鹿之野,常有五色云气,金枝玉叶止于帝上,有花萼之象。"故后世称皇族为金枝玉叶。

9　"三灵"句:谓天、地、人之灵都在眷顾祐助。

10　"挺英哲"句:秀挺英哲,足以超过前王。掩,超过。

11　嘉节清和:谓仁宗皇帝的千秋节正当四月。清和,即四月,俗谓四月为清和月。《岁时记》:"四月朔为清和节。"《宋史·仁宗纪》:"(仁宗赵祯)大中祥符三年(1010)四月十四日生。"又同书《礼十五》"仁宗以四月十四日为乾元节"。

12　"颁率土"句:谓举国上下都在举杯祝酒,表示庆贺。颁,赏赐。率土,境域之内。称觞,举杯祝酒。

13　"无间"句:无论外国和中国。无间,不分,不论。要荒,指边远之地,此处谓属国。《尚书·禹贡》分境域为甸、侯、绥、要、荒五服,每服五百里。华夏,谓中国,中原。

14　走梯航:谓遇山爬梯,遇海航渡。

15　"彤庭"二句:意谓朝堂上奏着雅乐,皇帝在会见各国诸侯。彤庭,谓朝廷,因宫殿楹柱多涂以朱红色,故称。大乐,谓舜命夔所制之《韶》乐。此处以禹、舜方仁宗。

16　鹓(yuān)行:谓朝班。因朝班之行列,如鹓鹭之井然有序,故云。

17　上国:附属国对宗主国的称呼。

18　山呼鳌抃:山也欢呼,鳌也鼓舞。详见前注。

19　就日、瞻云:意谓群臣仰瞻皇帝的龙颜。《史记·五帝本纪》:"帝尧者,放勋。其仁如天,其知如神。就之如日,望之如云。"

20　"指南山"句:谓皇帝寿比南山。

21　鸿基:帝王之基业。

醉蓬莱

　　渐亭皋叶下，陇首云飞[1]，素秋新霁[2]。华阙中天[3]，锁葱葱佳气[4]。嫩菊黄深[5]，拒霜红浅[6]，近宝阶香砌[7]。玉宇无尘[8]，金茎有露[9]，碧天如水[10]。　　正值升平，万几多暇[11]，夜色澄明[12]，漏声迢递[13]。南极星中，有老人呈瑞[14]。此际宸游[15]，凤辇何处[16]，度管弦清脆[17]。太液波翻[18]，披香帘卷[19]，月明风细。

　　《醉蓬莱》，柳永自制曲，《乐章集》注林钟商。

　　宋人王辟之、叶梦得等均谓柳永因写此词而得罪仁宗，确系事实。

　　柳永于庆历二年（1042）晚秋写了此词，是年冬即被贬往苏州，且从此一蹶不振，潦倒终生，不亦可悲乎！

　　此词亦为柳词中名篇，上片写景，下片颂圣。

　　"渐亭皋"三句点明时间与地点，"华阙"二句赞扬皇居壮丽，佳气葱茏，"嫩菊"六句写禁苑景色美丽。

　　下片首四句写皇家禁苑夜景，"南极"二句颂老人星出现，"此际"二句怀念天子，"度管弦"四句写禁苑歌舞与美景。

1　"渐亭皋"两句：化用南朝梁柳恽诗："亭皋木叶下,陇首秋云飞。"皋,沼泽地。陇首,陇头,田野间。

2　新霁：刚刚天晴。

3　华阙中天：意谓皇居壮丽,耸入高空。阙,本谓门两旁所建之楼观,可以观望。此处泛指皇宫建筑。中天,指高空。

4　"锁葱葱"句：笼罩着一片葱茏的祥瑞之气。

5　嫩菊：刚刚开放的菊花。

6　拒霜：芙蓉之别名。因其艳若荷花,八九月始开,能拒霜冷,故名。

7　近宝阶香砌：承上句,谓嫩菊与拒霜都种在近台阶之处。

8　玉宇：华丽的宫殿。

9　金茎：指仙人承露盘之铜柱。又,据《三辅黄图》载：汉武帝在建章宫建神明台,台上有金铜仙人,舒掌捧铜盘以盛云表之露。

10　碧天如水：谓水天一色,形容碧空晴朗而又清净。

11　万几多暇：承上句,谓皇帝在太平盛世多所闲暇,即所谓"垂躬而治"。万几,亦作"万机",谓皇帝日理万机。

12　澄明：澄朗而又鲜明。

13　漏声迢递：漏声遥远。迢递,遥远貌。

14　"南极"两句：意谓老人星出现,象征天下太平。

15　宸游：谓皇帝出游。

16　凤辇：皇帝的车子。

17　度管弦清脆：按曲谱奏出的曲子十分清脆悦耳。度，按曲谱奏曲。管、弦，本指管乐与弦乐，此处泛指乐器。

18　太液：指禁苑池沼。汉武帝营造建章宫，于宫北造大池、渐台，名曰太液池。后泛称禁苑池沼。此处指宋禁苑，即琼林苑。

19　披香：即披香殿，本汉宫殿名，此处代指宋宫室。

木兰花慢

古繁华茂苑，是当日、帝王州[1]。咏人物鲜明[2]，风土细腻[3]，曾美诗流[4]。寻幽[5]。近香径处[6]，聚莲娃钓叟簇汀洲[7]。晴景吴波练静[8]，万家绿水朱楼。　　凝旒。乃眷东南，思共理、命贤侯[9]。继梦得文章，乐天惠爱[10]，布政优优。鳌头[11]。况虚位久，遇名都胜景阻淹留[12]。赢得兰堂酝酒[13]，画船携妓欢游[14]。

———

词写苏州景物，又谓"鳌头"，赠主必为状元出身之苏州太守无疑。此太守为谁？罗忼烈在《话柳永》中即断定此诗为庆历三年（1043）春赠苏州太守吕溱，是。时柳永因得罪仁宗，于庆历二年末出任苏州，差遣为何，未详。

词上片写苏州景物，下片赞美赠主。

"古繁华"三句点明地点为苏州，"咏人物"三句赞美苏州地灵人杰，"寻幽"三句忽作宕开之笔，谓官事闲暇，可以畅游美景。"晴景"二句写吴波练静，人家富庶，美景如画。

下片赞美赠主："凝旒"三句谓天子眷念东南，始命贤侯治理。"继梦得"三句以刘禹锡、白居易之文章、惠政喻赠主。"鳌头"三句谓赠主必将大用，为套语。"赢得"二句谓赠主正当诗酒年华,风流偶傥。

—

1　"古繁华"二句:谓苏州。因苏州曾为吴国之旧都,故云。茂苑,古苑名,又名长洲苑,故址在江苏省吴县西南,后亦作苏州的代称。

2　鲜明:精明出色。

3　风土细腻:谓风土细密、精细。

4　曾美诗流:曾令诗人们写出过不少好诗。诗流,亦作诗家流,即诗人。

5　寻幽:犹云寻胜。

6　香径:即采香径。《太平寰宇记》:"香山,《吴地记》云:'吴王遣美人采香于此山,以为名,故有采香径。'"

7　"聚莲娃"句:谓聚集了好多采莲女与钓鱼人。莲娃,采莲女。簇,聚集。

8　吴波练静:谓吴地之水波有如素练般洁白而宁静。

9　"凝旒(liú)"三句:谓天子专意眷顾东南,方派才德兼备的人来治理。是对赠主的颂扬。凝旒,天子专心一意,故冕旒凝滞不动。旒,以丝绳穿玉垂冕前后曰旒,即今之所谓流苏、飘带。眷,眷顾。共理,共同治理。贤侯,对有德位者的敬称。

10　"继梦得"二句:谓继承了刘禹锡与白居易之惠政与文章。

刘、白均曾为苏州太守,故云。"文章"与"惠政"相对为文,谓两人兼文章与惠政,不能理解为继承了梦得的文章,又继承了乐天的惠政。

11　鳌头:谓状元。

12　"况虚位"二句:意谓况且朝廷早已虚位以待了,只是因为您留恋名都胜景,才暂时淹留,未曾升到高位。

13　兰堂:喻堂之美。

14　"画船"句:谓乘着画船,携着美妓,到处欢游。

少年游

参差烟树灞陵桥[1]。风物尽前朝[2]。衰杨古柳[3]，几经攀折，憔悴楚宫腰[4]。　　夕阳闲淡秋光老[5]，离思满蘅皋[6]。一曲阳关[7]，断肠声尽，独自凭兰桡[8]。

《少年游》，调见晏殊《珠玉集》，因词有"长似少年时"而得名。《乐章集》注林钟商。

柳永在苏州任职仅半年光景，至宋仁宗庆历三年（1043）秋，即自苏州移任成都，经陕西，此首及下数首即为作于经陕西时。

宋代官员重在朝，轻外任。且四川又为不许携家室而往的八路之一，柳永当然只能只身独往，且路途又如此艰险，此次成都之行，其心境就可想而知。

此词为柳词中的名篇，历来为词家所称道。词在怀古中抒情。

上片写景怀古，首二句即谓"烟树"，谓"灞陵桥"，因灞桥折柳送别的故事，能将读者引向对前朝的思考。"衰杨"三句紧承"前朝"而发，不谓人憔悴，却谓"几经攀折，憔悴楚宫腰"，便一下子伸向历史的纵深，风格苍凉遒劲。

下片因怀古而抒发离情。"夕阳"二句为景中情，且无具体人事内容，故淡远。"一曲"三句含曲终人远之意，故隽永。

1　灞陵桥：即灞桥，在今西安市东。《三辅黄图》："灞桥在长安东，汉人送客至此桥，折柳赠别。"汉文帝葬于此，称灞陵，故亦称桥为灞陵桥。灞，亦作霸。

2　"风物"句：意谓到此均是前朝的风光景物。

3　"衰杨"二句：不知道经过多少次攀折。古有折柳送别之俗，故云。

4　"憔悴"句：此句以楚宫腰代指柳枝。楚宫腰，即细腰。

5　秋光老：谓秋深。

6　蘅皋：长满杜衡的沼泽。

7　阳关：曲名，王维《渭城曲》被歌入乐府，以为送别之曲，谓之《阳关三叠》。

8　"独自"句：谓独自一人站在船头远望。兰桡(ráo)，小舟的美称。或谓入陕之后已不能通航，何来兰桡？此则以今视古耳。唐宋时渭水、黄河均可通航，非今之仅能横渡者。

曲玉管

陇首云飞[1]，江边日晚[2]，烟波满目凭栏久。一望关河[3]，萧索千里清秋。忍凝眸[4]。　　杳杳神京[5]，盈盈仙子[6]，别来锦字终难偶[7]。断雁无凭[8]，冉冉飞下汀洲[9]。思悠悠[10]。　　暗想当初，有多少、幽欢佳会，岂知聚散难期[11]，翻成雨恨云愁。阻追游[12]。每登山临水，惹起平生心事，一场消黯[13]，永日无言，却下层楼。

《曲玉管》，唐教坊曲名，《乐章集》注大石调。此调仅柳永一首，后再无填此调者。

凡长调、中调的第一段与第二段的句数与字数相同者，谓之"双拽头"。此词共分三片，即为双拽头。

词写于庆历三年秋柳永赴成都经关陇时。

与上首怀古不同，此词则写景抒情。

"陇首"三句暮秋登高远望，时间、地点、游子，均在其中，而"凭栏久"三字已为抒情作了引子。"一望"三句直承"凭栏久"，结以"忍凝眸"，情已在其中矣。

中片为"凭栏久"、"忍凝眸"所思，"杳杳"三句忆旧。

"断雁"三句又倒转笔写景,而情又在景中。

　　下片是对"思悠悠"的展开,"暗想"四句写愁苦不堪。"阻追游"四句归恨于宦游,"永日"二句含不尽之思,又与片首呼应。

1　陇首:即陇首山。

2　江边:此指陇水边,为避免与上句"陇首"重,故曰"江边"。陇水源出陇山,因名。

3　关河:指函谷关与黄河。

4　忍凝眸:哪忍注视。

5　杳杳神京:遥远的汴京。

6　盈盈仙子:美丽的女子。盈盈,仪态美好貌。

7　"别来"句:谓分别以后难于再收到意中人的书信。锦字,锦字书,谓书信之珍贵。难偶,难再。

8　"断雁"句:雁群居群飞,失群孤雁则无依无靠,故云。此以"断雁"自喻。

9　"冉冉"句:渐渐飞下落到水边的陆地上。冉冉,渐渐。

10　思悠悠:忧思连绵不断。悠悠,连绵不断。

11　难期:难以预料。

12　阻追游:对此次追随别人宦游感到沮丧。阻,沮丧。追游,追随宦游。

13　消黯:黯然消魂。

戚　氏

晚秋天。一霎微雨洒庭轩[1]。槛菊萧疏[2]，井梧零乱惹残烟[3]。凄然。望乡关[4]。飞云黯淡夕阳间[5]。当时宋玉悲感，向此临水与登山[6]。远道迢递，行人凄楚[7]，倦听陇水潺湲[8]。正蝉吟败叶，蛩响衰草，相应喧喧[9]。　　孤馆度日如年[10]。风露渐变[11]，悄悄至更阑[12]。长天净、绛河清浅[13]，皓月婵娟[14]。思绵绵[15]。夜永对景，那堪屈指，暗想从前。未名未禄[16]，绮陌红楼[17]，往往经岁迁延[18]。　　帝里风光好，当年少日，暮宴朝欢。况有狂朋怪侣[19]，遇当歌、对酒竞流连[20]。别来迅景如梭[21]，旧游似梦，烟水程何限[22]。念名利、憔悴长萦绊[23]。追往事、空惨愁颜[24]。漏箭移、稍觉轻寒[25]。听鸣咽[26]、画角数声残[27]。对闲窗畔，停灯向晓[28]，抱影无眠[29]。

────

《戚氏》，柳永自制曲，《乐章集》注中吕调。

此词亦写于赴成都经陇水深秋至古蜀道时，为柳词中名篇。

此词风格苍凉，一气呵成，尽情展衍，寓抒情于写景之中，铺叙极有层次，章法一丝不乱。

首片自庭轩所见，写到征夫前路，客子之情，全在凄凉秋景中展现，笔墨细致之极。

中片则另开蹊径，就流连夜景写到追怀昔游，总不离客情。

下片紧承中片，接写昔游经历，复回到征夫前路，犹以景语作情语。

此词句法也变化多端，要之五言有一领四与上二下三之别；七言有上三下四与上四下三之别；九字句则有上三下六与上五下四之别。

1　"一霎"句：谓一阵微雨洒在了庭院的长廊上。一霎，一阵，顷刻。庭轩，庭院的长廊。

2　槛菊萧疏：雨打菊残，故云萧疏。槛，菊圃周围的护栏。

3　"井梧"句：意谓雨打叶落，水雾点点。井梧，井旁梧桐。盖因梧桐叶大，容易遮阳挡雨，故唐宋时多于井旁植梧。零乱，梧桐黄叶纷纷落下。残烟，指梧叶飘洒时，叶上雨珠散落造成的水雾。

4　乡关：犹云故乡。

5　"飞云"句：谓看不见乡关，只能看见飞云暗淡，夕阳明灭。

6　"当时"二句：意谓无怪宋玉的悲感是在登山临水时才产
生的。宋玉《九辩》："悲哉秋之为气也！萧瑟兮草木摇落而变
衰。憭栗兮若在远行，登山临水兮送将归。"

7　凄楚：凄凉悲哀。

8　"倦听"句：听倦了陇水的潺湲声。陇山、陇水皆险恶，容易
引发行人乡关之思。潺湲，水流声。

9　"正蝉吟"三句：谓残蝉在败叶中鸣叫，蟋蟀在衰草中鸣叫，
互相喧闹不休。蛩（qióng），蟋蟀。

10　孤馆：谓一个人孤独地住在客馆，此指驿馆，亦称驿站、邮
亭。具体说，此驿馆即凤县与略阳之间的青泥驿。

11　"风露"句：意谓不知不觉间已经夜深露生。

12　"悄悄"句：谓孤独无声地到了夜深。更阑，更残夜深。

13　绛河：天河别名。古代观天象以北极为基准，天河在北极
之南，南方属火，尚赤，因借南方之色称之，故曰"绛河"。绛，
红色。

14　"皓月"句：月色明媚漂亮。

15　思绵绵：思绪不断。

16　未名未禄：此乃回忆过去，故云。以下数句即回忆昔日。

17　绮陌红楼：指歌妓所居处。

18　经岁：一年又一年，谓时间很长。

19　狂朋怪侣：谓狂放恣肆、不拘礼节的朋友。朋、侣，相对为

文,即朋友。狂、怪,狂放恣肆,不拘礼节。

20　"遇当歌"句:谓遇到了歌酒场面,就往往流连忘返,不肯离开。

21　迅景如梭:犹云光阴如梭,比喻时间过得很快,就像穿梭一般。

22　烟水程:指茫茫无边的征程。

23　"念名利"句:此句为"念名利萦绊长憔悴"之倒装,谓思念起过去,常常让名利萦绊着自己,因而憔悴不堪。

24　"追往事"句:追想起过去这些事(指为名利而奔波之事),实在觉得是愁惨。

25　"漏箭"句:谓随着时间的推移,渐渐夜深了,感觉到一阵寒意。漏箭,漏壶上之箭,用以指刻度,漏滴则箭移,以计时间。

26　听呜咽:谓听着陇水在呜咽。

27　画角:古时军乐器,其声哀厉高亢,故军中用以惊昏晓。

28　向晓:到晓,到天明。

29　抱影:守着影子,形容孤独。

一寸金

井络天开[1]，剑岭云横控西夏[2]。地胜异、锦里风流[3]，蚕市繁华[4]，簇簇歌台舞榭[5]。雅俗多游赏[6]，轻裘俊、靓妆艳冶[7]。当春昼，摸石江边[8]，浣花溪畔景如画[9]。　　梦应三刀[10]，桥名万里[11]，中和政多暇[12]。仗汉节、揽辔澄清[13]，高掩武侯勋业，文翁风化[14]。台鼎须贤久[15]，方镇静、又思命驾[16]。空遗爱[17]，西蜀山川，异日成嘉话。

─── 《一寸金》，柳永自制曲，《乐章集》注小石调。

此词写成都风物，又用"梦应三刀"典，为庆历四年（1044）春赠益州守蒋堂无疑。

蒋堂为当年柳永中进士时之"封印卷首"官，故人重逢，喜不自胜。

此词大开大合，铺张扬厉，风格雄健。

上片可谓大笔淋漓，稍事勾勒，即画出一幅成都民情风物图。

"井络"二句写成都地理位置，有气吞山河之势。"地胜"三句写成都今古风流，笔力老到雄健。"雅俗"五句写成都风俗民情,场景壮阔。

　　下片"梦应三刀"句用王濬典,有雷霆乍惊之势,不由勾起了读者"王濬楼船下益州"的历史画面的回忆,然又紧贴益州,似开又合。"台鼎"又作宕开之笔,虽落入"必将大用"的俗套,亦赠人词所必有之意。

1　"井络"句:意谓岷山很高,上接天上的井星。井,星名,为二十八宿之一,今小寒节子初初刻十二分中星。井络,井宿的分野,指岷山。

2　"剑岭"句:意谓大小剑山高耸入云,扼控着西夏不能内侵。剑岭,指剑阁县北之大小剑山。西夏,宋时少数民族党项族建立的大夏国,宋称西夏。共传十主,最盛时据有今宁夏、陕西北部、甘肃西北部、青海东北部和内蒙古西部一带。

3　"地胜异"句:谓其地理位置异常盛壮,成都更为风流之地。锦里,地名,在成都南,后人以锦里泛称成都,又称锦官城。

4　蚕市:蜀地古以蚕市著称。宋黄休复《茅亭客话》:"蜀有蚕市,每年正月至三月,州城及属县循环一十五处。耆旧相传,古蚕丛氏为蜀主,民无定居,随蚕丛所在致市居,此其遗风也。"

5　簇簇:一丛丛。

6　"雅俗"句:谓人不分雅俗,都爱游赏玩乐。《岁华纪丽谱》:

"成都游赏之盛,甲于西蜀,盖地大物繁,而俗好娱乐。凡太守岁时宴集,骑从杂沓,车服鲜华;倡优鼓吹,出入拥导;四方奇技,幻怪百变;序进于前,以从民乐。岁率有期,谓之故事。及期则士女栉比,轻裘袂服,扶老携幼,阗道嬉游。或以坐具列于广庭,以待观者,谓之'遨床',而谓太守为'遨头'。"其"雅俗多游赏"之状况,可见一斑。

7　"轻裘"句:意谓男俊女美。轻裘,本谓轻暖的皮衣,此指俊男。靓妆,艳丽的梳妆,代指美女。

8　摸石:古时盛行于成都的一种求子活动。《月令广义》:"成都三月有海云山摸石之游,求子,得石者生男,得瓦者则生女。"

9　浣花溪:在成都西,又名百花坛。宋人傅干《注坡词》曰:"西蜀游赏,始正月上元日,终四月十九日,而浣花溪最为盛集。"

10　梦应三刀:谓赠主当作益州太守。《晋书·王濬传》:"濬夜梦悬三刀于卧屋梁上,须臾又益一刀,濬惊觉,意甚恶之。主簿李毅再拜贺曰:'三刀为州字,又益一者,明府其临益州乎?'及贼张弘杀益州刺史皇甫晏,果迁濬为益州刺史。濬设方略,悉诛弘等,以勋封关内侯。"

11　桥名万里:即万里桥,在成都市南,跨锦江上,杜甫草堂及薛涛居处均在其侧。《元和郡县图志》卷三十一:"蜀使费祎聘吴,诸葛亮祖之,祎叹曰:'万里之路,始于此桥。'因以为名。"

12　"中和"句:歌颂益守为政中正平和,民丰讼简,故多闲暇。

13　仗汉节:仰仗朝廷的任命。汉节,本指汉天子所授予的符节,后泛指帝王授予使者的印信,即朝命。揽辔澄清,意谓到任即政绩显著,使民风清淳。

14　"高掩"二句:谓其功业超过了诸葛亮,对教育的重视超过了文翁。《汉书·文翁传》:"文翁,庐江舒人也。……景帝末,为蜀郡守,仁爱好教化。见蜀地辟陋有蛮夷风,文翁欲诱进之,乃选郡县小吏开敏有材者张叔等十余人亲自饬厉,遣诣京师,受业博士,或学律令。……又修起学官于成都市中,……由是大化,蜀地学于京师者比齐鲁焉。至武帝时,乃令天下郡国皆立学校官,自文翁为之始云。"

15　"台鼎"句:意谓朝廷早须贤才来为宰辅之臣了。台鼎,谓宰辅之臣。旧称三公曰台鼎,言如星之有三台,鼎之有三足。

16　"方镇静"句:意谓刚刚到任,朝廷又考虑更重要的任命。镇静,安静,平静。命驾,命人准备车马,立即动身。

17　空遗爱:给人留下的尽是恩德。

迷神引

一叶扁舟轻帆卷。暂泊楚江南岸[1]。孤城暮角，引胡笳怨[2]。水茫茫，平沙雁、旋惊散[3]。烟敛寒林簇，画屏展[4]。天际遥山小，黛眉浅[5]。　　旧赏轻抛[6]，到此成游宦。觉客程劳[7]，年光晚[8]。异乡风物，忍萧索、当愁眼[9]。帝城赊[10]，秦楼阻[11]，旅魂乱[12]。芳草连空阔，残照满[13]。佳人无消息，断云远[14]。

柳词中湖南词不在少数，然却有少年游湖南时所写与出仕后官湖南时所写之别。要言之：凡及宦情者则必为官湖南时所作，反之则为少年游湖南时所作。

此词当作于自成都移任湖南之第二年即庆历五年（1045）初春。宋制，去包括道州在内的边远八路为官时，不许携家室前往。

此词上片写景，下片即抒发思念佳人之情。

词上片写景，以"暮角"引起听觉，以"烟敛"引起视觉，则天、水、沙、雁、林、山之仪态纷呈，恰如一幅水乡之粉墨画。

下片抒情中却插入写景，使抚今追昔、怀远念旧之情与当前之景作反复比照，显得回环曲折，感慨遥深。

1　楚江：泛指楚水。

2　"孤城"二句：谓孤城暮色中的画角声，引起一阵思念佳人的愁怨。角，指画角。胡笳，本为汉时从西域传入中国的乐器，但唐宋人爱将其与蔡文姬相联系，谓文姬归汉，胡人思之，卷芦叶而吹，其声哀怨，谓之胡笳。前句为写实之词，后句为感发之词。

3　"水茫茫"三句：谓画角声惊起了水边沙滩上觅食的雁。平沙，广阔的沙原。旋，旋即，忽然。

4　"烟敛"二句：谓烟霭收起之后，聚集的一片寒林，像画屏一般展开。烟敛，雾气收敛。簇，聚集。

5　"天际"二句：谓远远望去，天边的遥山变得小了，如美人眉般浅淡而又漂亮。

6　旧赏：旧日曾游赏之地，指汴京。

7　觉客程劳：感觉到客中的路程非常劳顿。

8　年光晚：谓年纪老了。

9　"异乡"二句：既在异乡，又面对着萧索的景色，怎能不愁呢？当，面对。

10　帝城赊：帝城远。

11　秦楼阻：通往佳人之楼的路被阻隔。秦楼，指佳人所居之楼，亦称"凤楼"。相传秦穆公女弄玉好乐，萧史善吹箫作凤鸣，秦穆公以弄玉妻之，为之作凤楼。

12　旅魂乱：旅人心烦意乱。

13　"芳草"二句：空阔的原野上芳草成片，可惜却已至黄昏，到处为一片残阳照射。

14　断云远：紧承上句，谓看不到鸿雁带来佳人的消息，却只能看到远处的一片云彩。断云，片云。

轮台子

　　一枕清宵好梦[1]，可惜被、邻鸡唤觉[2]。匆匆策马登途，满目淡烟衰草[3]。前驱风触鸣珂[4]，过霜林、渐觉惊栖鸟[5]。冒征尘远况，自古凄凉长安道[6]。行行又历孤村[7]，楚天阔、望中未晓[8]。　　念劳生[9]，惜芳年壮岁[10]，离多欢少。叹断梗难停[11]，暮云渐杳[12]。但黯黯魂消，寸肠凭谁表。恁驰驱、何时是了。又争似[13]、却返瑶京[14]，重买千金笑。

　　《轮台子》，柳永自制曲，宋人再无填此调者。

　　《乐章集》注中吕调，有一百四十一字与一百十四字两体，此属后者。此词一百十四字，前片八句四仄韵，后片十一句六仄韵。

　　何以同调同曲却又字数不同？前人已发乎为"世乏周郎，无从顾误"之叹，姑且存疑可也。

　　"前驱"句则为此词写于出仕之后的确证，词写行役，既谓"楚天未晓"，又谓"自古凄凉长安道"，则知其为庆历五年（1045）秋离湖南任赴陕西华阴任时所作。

　　词上片写行役苦况，下片抒念远之情。

　　“一枕”二句写鸡鸣唤觉“好梦”，为下片抒情张本。“匆匆”二句将凌晨景色作一总写。“前驱”二句单写鸣珂惊栖鸟，以动衬静。“冒征尘”二句以“长安道”引起客子情怀，既为写实而又富寓意，一击两鸣。“行行”二句与首句呼应。

　　“念劳生”三句感念“离多欢少”，“叹断梗”五句是对“离多欢少”的具体申说。“又争似”二句追慕汴京少年岁月。

　　此乃柳永词中之流行性感冒，反复如此表达，则令人生厌。

1　清宵：清静的夜晚。

2　唤觉：唤醒。

3　淡烟：谓凌晨薄薄的雾气。

4　“前驱”句：谓导从在前，风吹马珂鸣。前驱，前导。宋代官员出行有导从呵引之制，故云。鸣珂，玉作成的马饰物，风触则鸣。此句为此词写于出仕后曾官湖南之铁证，与少年游湖南词迥别。

5　“过霜林”句：谓经过霜染之林，马珂声与马蹄声惊起了树上的栖鸟。据“霜林”，知时间为秋季。此句以动衬静。

6　“自古”句：柳永此时由湖南道州移任陕西华阴，然写此词时仍在湖南境内，故此句为设想去程之语。长安道，本汉乐府横吹曲名，梁元帝、陈后主、李白、白居易等等都写有此曲。内容多写长安道上景象与客子情怀，亦有感情凄凉者，如白居易

《长安道》云："花枝缺处青楼开,艳歌一曲酒一杯。美人劝我急行乐,自古朱颜不再来。君不见外州客,长安道,一回来,一回老。"

7　"行行"句:意为走呀走呀,只见又经过一个孤僻的山村。

8　"楚天阔"句:楚天十分辽阔,一眼望去,天色仍未明。据此句,知柳永其时仍在湖南境内。

9　念劳生:思量起这一辈子辛辛苦苦。

10　"惜芳年"句:可惜的是正当壮岁时的美好年华,却消耗在行役之中。

11　"叹断梗"句:可叹的是行役于道,如风中断梗般难于停下。

12　暮云渐杳:谓天色昏暗,暮云也渐渐消逝。杳,消逝,不见踪影。

13　争似:怎似。

14　瑶京:亦曰玉京、神京,谓京都。

望远行

　　长空降瑞[1]，寒风剪[2]，渐渐瑶花初下[3]。乱飘僧舍，密洒歌楼，迤逦渐迷鸳瓦。好是渔人，披得一蓑归去，江上晚来堪画[4]。满长安，高却旗亭酒价[5]。　　幽雅。乘兴最宜访戴，泛小棹、越溪潇洒[6]。皓鹤夺鲜，白鹇失素[7]，千里广铺寒野。须信幽兰歌断，彤云收尽[8]，别有瑶台琼榭[9]。放一轮明月，交光清夜[10]。

　　《望远行》，唐教坊曲名，令词始自韦庄，慢词始自柳永，《乐章集》注仙吕调。

　　此词写关中冬景，为柳词中艺术性较高的一首，当作于庆历五年（1045）冬在华州时。

　　此为咏雪词。

　　"长空"三句泛写雪飘，"乱飘"六句化用郑谷诗，将雪景写得淋漓尽致。"满长安"二句点明地点并渲染雪后之寒。

　　下片首四句看似作宕开之笔，但用访戴典，又与雪紧密关合。"皓鹤"三句用谢惠连《雪赋》句，喻雪之白。"须信"三句又从反面落笔写雪。结二句写月与雪交光，画出一幅雪月交光图。

　　全词正反开合，通首清雅不俗，惟嫌袭前人处为多，少独得之妙句耳。

1　降瑞：指降下瑞雪。

2　寒风剪：寒风扑来。剪，扑来，扑打。

3　瑶花：即瑶华，玉之美者。此处谓雪花。

4　"乱飘"六句：化用郑谷《雪中偶题》："乱飘僧舍茶烟湿，密洒歌楼酒力微。江上晚来堪画处，渔人披得一蓑归。"迤逦，缓行貌，此指雪慢慢飘落的样子。鸳瓦，即鸳鸯瓦。江上，因用郑谷诗义而顺及之，非实指"江上"也。

5　"满长安"二句：谓因天冷而酒价猛涨。长安，此时柳永官华州，故云。旗亭，酒楼。悬旗为酒招，故称。

6　"乘兴"三句：用王徽之访戴逵事典。《晋书·王徽之传》："（徽之）尝居山阴，夜雪初霁，月色清朗，四望皓然，独酌酒，咏左思《招隐》诗，忽忆戴逵。逵时在剡，便夜乘小船诣之，经宿方至，造门不前而反。人问其故，徽之曰：'本乘兴而行，兴尽而反，何必见安道邪！'"小棹，指小船。越溪，指剡溪。潇洒，洒脱不拘，超逸脱俗。

7　"皓鹤"二句：谓白鹤及白鹇与雪相比，也显得不那么白了。化用谢惠连《雪赋》："皓鹤夺鲜，白鹇失素。"

8 "幽兰"二句:幽兰,即春兰。彤云,红云,亦即夏云。皆失其时,故云"歌断"、"收尽"。

9 瑶台琼榭:台、榭为雪所染,故云。

10 "放一轮"二句:谓月光与雪光交相辉映。

双声子

晚天萧索[1]，断蓬踪迹[2]，乘兴兰棹东游[3]。三吴风景，姑苏台榭[4]，牢落暮霭初收[5]。夫差旧国[6]，香径没、徒有荒丘[7]。繁华处，悄无睹，惟闻麋鹿呦呦[8]。　　想当年、空运筹决战，图王取霸无休[9]。江山如画，云涛烟浪，翻输范蠡扁舟[10]。验前经旧史[11]，嗟漫载、当日风流[12]。斜阳暮草茫茫，尽成万古遗愁。

《双声子》，柳永自制曲，其后再无以此调填词者，《乐章集》注林钟商。

此词写于第二次官苏州时，即庆历六年（1046）。在柳词中，怀古词极少，此即其一。

上片写景，"晚天"三句写行役踪迹，淡淡叙来。"三吴"三句写萧索之景，为以下感慨作铺垫。"夫差"五句寓怀古于写景之中，单拈出吴王当年为西施专造的香径，为下片咏西施之事作引。

下片专咏西施事，贯穿了"美人误国"之旨。

"想当年"二句感慨吴越争霸，着一"空"字，其义自见。"江山"三句谓吴王曾称雄一时，却反而输给了范蠡的美人计。"验前经"二句复叹吴王争霸是空风流一时。"斜阳"二句回到当前景色,收束全词。

1　"晚天"句:谓晚来天气萧索。

2　断蓬踪迹:谓行踪无定如断蓬般。

3　兰棹东游:谓乘着木兰木所作之舟,宦游于苏州。兰棹,木兰木所作之棹,此处名词动用,谓乘船。游,谓宦游,非"游览"、"旅游"之"游"。

4　姑苏:山名,在江苏吴县西南。或作姑胥,又作姑余。姑苏台在其上,吴王夫差所造,或谓吴王阖庐所造,又称胥台。隋因山名州,故称吴县为姑苏。此处指苏州。

5　牢落:犹云寥落。稀疏零落貌。

6　夫差旧国:即苏州,因吴王夫差曾都于此,故云。

7　香径:即采香径,已见前注。

8　"繁华"三句:谓当年的繁华已不复存在,惟闻鹿鸣而已。

9　"想当年"二句:当年吴王曾争霸诸侯,故云。

10　"翻输"句:范蠡为春秋时楚人,仕越。吴越争霸时,范蠡曾送西施入吴。据传,越灭吴后,范蠡与西施驾扁舟泛游五湖。后入齐,变姓名为鸱夷子皮,经商致富。居陶,自号陶朱公。世传此说出于汉袁康、吴平《越绝书》,然查今四库全书本《越绝书》无此载,盖讹传。

11 验前经旧史：谓检验前经旧史所载吴越争霸事。前经，指《春秋》及《春秋左氏传》等。旧史，指《史记》、《吴越春秋》、《越绝书》等。

12 当日风流：指吴王当日争霸。

永遇乐

天阁英游，内朝密侍[1]，当世荣遇。汉守分麾，尧庭请瑞[2]，方面凭心膂[3]。风驰千骑，云拥双旌[4]，向晓洞开严署[5]。拥朱轓、喜色欢声，处处竞歌来暮[6]。　吴王旧国[7]，今古江山秀异，人烟繁富。甘雨车行[8]，仁风扇动[9]，雅称安黎庶。棠郊成政[10]，槐府登贤，非久定须归去[11]。且乘闲、孙阁长开[12]，融尊盛举[13]。

《永遇乐》，此调有平仄两韵体，仄韵始于柳永，平韵始于南宋陈允平。

此词《乐章集》注歇指调，为庆历七年（1047）赠苏州太守滕宗谅之作。滕宗谅与蒋堂为柳永中进士时之"封印卷首"官。

词极铺叙之能事，对赠主亦赞颂有加。

"天阁"三句写赠主为皇帝近臣，"汉守"三句写赠主之战功，"风驰"三句写赠主在苏州为官之气魄与场面，"拥朱"二句谓赠主官声极好。

下片首三句始点明地点并对苏州美景加以描述。"甘雨"三句复赞颂赠主德政，"棠郊"三句谓赠主不久定当大用，"且乘闲"二句又颂扬赠主。

此词虽一味颂扬赠主,但词开合有度,笔墨凝练,叙事闲雅,堪称佳作。

柳永赠人词写谁像谁,实在难能可贵。

1 "天阁"两句:意谓曾有过天章阁学士或待制一类的加官,为皇帝近臣。天章阁,奉安宋太宗御书之阁。密侍,谓宠臣,亦即近侍之臣。故下句接云"当世荣遇"。

2 "汉守"两句:意谓像汉代的班超一样,曾建立过边功。麾,古代用以指挥军队的旗帜。尧庭请瑞,意谓曾被朝廷任命重要职位,为镇守边关之重臣。瑞,符节,指挥军队的兵符。尧庭请瑞,意谓在皇帝面前得到发兵征讨的命令。

3 "方面"句:意谓将一方面的战事,委任给心腹之臣。心膂,心腹之臣。

4 "风驰"两句:谓前呼后拥,仪仗严整。千骑,此处指大官出行时之扈从。双旌,武官出行的仪仗。

5 "向晓"句:意谓到了早晨坐衙时,只见警卫森严的官署门大开。向晓,到晓。洞开,敞开。严署,戒备森严的官署。宋代知州,有文官为之者,亦有武官为之者。同为知州,则门卫仪制决然不同。

6 竞歌来暮:意谓官声极好,百姓们都相见恨晚,唱起了《来暮歌》。《后汉书·廉范传》:"建初中,迁蜀郡太守,其俗尚文辩,好相持短长,范每厉以淳厚,不受偷薄之说。成都民物丰盛,邑宇逼侧,旧制禁民夜作,以防火灾,而更相隐蔽,烧者日属。范乃毁削先令,但严使储水而已。百姓为便,乃歌之曰'廉叔度,来何暮? 不禁火,民安作。平生无襦今五绔。'"《来暮歌》,亦称《来暮谣》。

7 吴王旧国:指苏州,因春秋时吴国曾建都于此,故云。

8 甘雨车行:即甘雨随车,意谓好官一到任,久旱即逢甘霖。谢承《后汉书》:"百里嵩为徐州刺史,州境遭旱,嵩行部,传车所经,甘雨辄注。"后世称颂地方官吏德政,多用"甘雨车行"之语。

9 仁风扇动:意谓在地方实行仁政。《晋书·袁宏传》:"时贤皆集,安欲以卒迫试之,临别执其手,顾就左右取一扇而授之曰:'聊以赠行。'宏应声答曰:'辄当奉扬仁风,慰彼黎庶。'"

10 棠郊成政:意谓像召伯一样得到百姓的爱戴。召伯巡行南国,以布文王之政,舍于甘棠之下,后人思其德,故爱其树,因赋《甘棠》诗。棠郊成政,即指此。

11 "槐府"二句:意谓宰相要选用人才的时候,一定会选中你。宋代除官分堂除与吏部除:大官由宰相与执政官在政事堂议定而除,谓之堂除;一般官员则由吏部出缺,然后待阙而除,谓之吏部除。槐府,谓三公之署,古以三槐九棘定三公九卿之位。沈括《梦溪笔谈》:"学士院第三厅学士阁子,当前有一巨槐,素号槐厅。旧传,居此阁者多至入相。学士争槐厅,至有抵彻前人行李而强据之者。予为学士时目观此事。"故宋时称宰相为槐府。

12 孙阁长开:意谓礼贤下士,开阁延贤。《汉书·公孙弘传》:"时上方兴功业,娄举贤良。弘自见为举首,起徒步,数年至宰相封侯,于是起客馆,开东阁以延贤人,与参谋议。"孙阁,即公孙弘阁。

13 融尊盛举:意谓像孔融一样,好与人饮宴同乐。

西　施

　　苎萝妖艳世难偕[1]。善媚悦君怀[2]。后庭恃宠，尽使绝嫌猜[3]。正恁朝欢暮宴[4]，情未足，早江上兵来[5]。　　捧心调态军前死[6]，罗绮旋变尘埃[7]。至今想怨魂[8]，无主尚徘徊。夜夜姑苏城外[9]，当时月，但空照荒台[10]。

　　《西施》，柳永自制曲，因咏西施而得名。《乐章集》注仙吕调。当作于庆历七年（1047）或八年（1048）在苏州或杭州时，其"美人误国"、"美人祸水"的题旨更为明显。

　　与《双声子》（晚天萧索）不同的是，词人撇开了吴越争霸这一历史事实，专在西施身上作文章。

　　首二句写西施美丽无双，善于媚主。接写西施恃宠反间，给吴国造成战乱。而"捧心调态"的结果是"军前死"，惟留下"怨魂无主"，"夜夜"三句以姑苏荒凉夜景结束咏叹。

　　"女人祸水"的观点，是封建社会知识分子的普遍看法，但柳永写此词恐与因忤仁宗而被贬有关，系借题发挥，以排遣胸中块垒耳。

　　1　"苎萝"句：谓苎萝村西施的漂亮是世上没有人能比的。

《吴越春秋》："国中得苎萝山鬻薪之女,曰西施、郑旦,饰以罗縠,教以容步……三年学服而献于吴。"妖艳,艳丽。世难偕,世上无双。

2　"善媚"句:谓西施善于向君王献媚取宠。媚悦,献媚取悦。君,指吴王夫差。此为古代文人之传统看法,然于事实无征。

3　"后庭"二句:谓西施入吴后,仰仗吴王夫差的宠爱,用反间计,使吴国君臣之间互相猜疑。此亦于史无征。

4　正恁:正如此,这般。

5　"早江上"句:谓越王勾践兵来,吴遂灭。

6　"捧心"句:谓西施扭捏作态,最后还是死在军中。调态,作态。军前死,世传《吴越春秋》以为吴亡,沉西施于江。《越绝书》以为吴亡,西施复归范蠡,相与游五湖。柳永在此词中持前说,故曰"军前死"。

7　"罗绮"句:谓美色难永,如西施之妖艳,亦很快色衰而化为乌有。旋变,很快变成。

8　怨魂:指西施之魂。

9　姑苏:即苏州。

10　荒台:指姑苏台,亦称胥台。相传姑苏台乃吴王为西施所造,故云。

瑞鹧鸪

吴会风流[1]。人烟好，高下水际山头[2]。瑶台绛阙，依约蓬丘[3]。万井千闾富庶[4]，雄压十三州[5]。触处青蛾画舸[6]，红粉朱楼。　　方面委元侯[7]。致讼简时丰[8]，继日欢游。襦温袴暖，已扇民讴[9]。旦暮锋车命驾[10]，重整济川舟[11]。当恁时，沙堤路稳，归去难留[12]。

此词与前《瑞鹧鸪》（天将奇艳与寒梅）调名、字数、押韵均不同。此词《乐章集》注南吕调，亦为赠人词，其赠主当为于皇祐元年（1049）正月帅杭之范仲淹。

按宋见任官不许越境之制，柳永此时亦当至杭州为官，任何差遣，则无以确考。

词上片写景，下片赞颂赠主。

"吴会"三句总写钱塘风景人物及地理形势。"瑶台"二句谓钱塘人居处建筑如神仙宅。"万井"二句谓钱塘富庶，雄居其他十三州之上。"触处"二句写钱塘人游湖之胜。

"方面"五句赞颂赠主政绩卓著，民富年丰，人人乐游，得到人民爱戴。"旦暮"五句颂扬赠主不久将被召回朝重用，升任宰相。

1　吴会：指今江苏浙江一带。宋两浙路治所在杭州，但苏州
亦在治域，苏州为吴地，故云"吴会"。

2　"人烟"二句：谓人物风景均好。

3　"瑶台"二句：此二句有倒装，即"依约瑶台，绛阙蓬丘"。
意谓钱塘人所居之屋舍，华丽得像仙人的居处一样。依约，仿
佛。瑶台、绛阙、蓬丘，皆仙人所居之府。蓬丘，即海上三仙山
之一蓬莱山。《海内十洲记·聚窟洲》："蓬丘，蓬莱山是也。"

4　万井千闾：千家万户。古时十五家为闾，闾有闾门，故云。

5　"雄压"句：意谓钱塘所在的杭州，雄居于两浙路的其他州
之上。宋时杭州为两浙路帅府所在地，辖二府十二州，故云。

6　"触处"句：谓到处都是盛装的仕女与画船。触处，到处，随
处。青蛾，谓美丽的眉毛，此指盛装的仕女。

7　"方面"句：意谓将一方面地方的军政大事都委任给了有功
之大臣。元侯，首功而封侯者。

8　讼简时丰：谓治理得法，民讼很少，太平盛世，五谷丰登。

9　"襦温"二句：见前《永遇乐》（天阁英游）阕"竞歌来暮"
条注。

10　"旦暮"句：意谓早晚朝廷都会有更为重要的任命，让你赶
快上路的。锋车，即追锋车。此处指加急快递。意谓朝廷会
派加急快递传送让你回京的命令。

11　"重整"句：意谓当命你做宰相。《尚书·说命上》："爰立

作相，王置诸其左右……命之曰：‘朝夕纳诲，以辅台德……若金，用汝作砺……若济巨川，用汝作舟楫……若岁大旱，用汝作霖雨。'"

12　"当恁时"三句：到那时已经是黄沙铺路，等着你回朝做宰相，想留也留不住了。沙堤，唐代专为宰相车马通行而铺筑的沙路。唐李肇《唐国史补》卷下："凡拜相，礼绝班行，府县载沙填路。自私第至于子城东街，名曰'沙堤'。"

望海潮

　　东南形胜[1]，三吴都会[2]，钱塘自古繁华[3]。烟柳画桥[4]，风帘翠幕，参差十万人家[5]。云树绕堤沙[6]。怒涛卷霜雪[7]，天堑无涯[8]。市列珠玑[9]，户盈罗绮竞豪奢。　　重湖叠𪩘清嘉[10]。有三秋桂子[11]，十里荷花[12]。羌管弄晴，菱歌泛夜，嬉嬉钓叟莲娃[13]。千骑拥高牙[14]。乘醉听箫鼓[15]，吟赏烟霞[16]。异日图将好景[17]，归去凤池夸[18]。

　　《望海潮》，柳永自制曲，盖因词中写及钱塘潮而取以为名。《乐章集》注仙吕调。

　　吴熊和在《柳永与孙沔的交游与柳永卒年新证》(杭州大学出版社 1999 年版《吴熊和词学论集》) 中考出此词是赠帅杭孙沔之作，作于至和元年(1054)。吴说编年是，今从之。

　　此词风格俊迈，为柳词中名篇，写景优美，大笔濡染，气势磅礴，音调铿锵，铺叙闲雅，非大手笔者莫能为。

　　上片写景由古到今，由远到近，由形胜到民情，层层铺设，层层脱卸。

　　首三句谓钱塘为自古形胜之地，以下则撇开"自古繁华"

而专写今之钱塘,用"烟柳画桥,风帘翠幕"八字予以概括,贴切之极。

　　下片重在写西湖美景,以"三秋桂子,十里荷花"予以概括,洗练之极。结尾则落入俗套,不论可也。

1　东南形胜:谓钱塘为东南形胜之地。

2　三吴:一般指吴兴、吴郡、会稽,这里泛指江浙一带。

3　钱塘:本县名,此从俗谓杭州。

4　烟柳画桥:谓钱塘到处是美景。画桥,古时桥常饰以画,故云。

5　"参差"句:参差,谓杭州依山建筑之高低不齐。十万人家,言其多。

6　"云树"句:谓烟雾缭绕的沙堤边栽满了杨柳。堤沙,西湖有白堤、苏堤、小新堤等。因堤边多沙路,故曰"堤沙"。

7　"怒涛"句:此句写八月钱塘江涨潮,谓怒涛卷来有如霜雪般洁白。

8　天堑(qiàn):天然的壕沟。此处谓钱塘江,以其江面宽阔,故云"无涯"。

9　市列珠玑(jī):谓市面上尽是宝贵的东西。玑,小珠。一说,不圆的珠。

10　"重湖"句:谓湖中有湖,山中有山。重湖,因湖上数堤将西湖分为里湖与外湖,故称。巘(yǎn),小山。一说,山峰。

11　三秋桂子:秋天的桂花。三秋,谓秋季三月。桂子,桂花。

12　十里荷花:谓荷花之多。

13　"羌管"三句:形容杭人游湖盛况。羌管,即羌笛。弄,显弄,卖弄。菱歌,采菱之歌。嬉嬉,喜笑欢乐的样子。钓叟,渔翁。莲娃,采莲女。

14　"千骑"句:谓太守游湖时前呼后拥,牙旗高耸。高牙,牙旗,将军之旗。宋制,有以文臣知府、知州者,亦有以武臣知府、知州者。孙沔以武臣知杭州,故云。

15　箫鼓:泛指音乐。宋制,长官出游,常有歌妓伴随。

16　吟赏烟霞:谓欣赏美景,饮酒作诗。烟霞,泛指美景。

17　图将:画出。

18　凤池:禁中池沼,中书省所在地,已见前注。

早梅芳慢

　　海霞红，山烟翠[1]。故都风景繁华地。谯门画戟[2]，下临万井，金碧楼台相倚。芰荷浦溆[3]，杨柳汀洲，映虹桥倒影，兰舟飞棹，游人聚散，一片湖光里。　　汉元侯，自从破虏征蛮，峻陟枢庭贵[4]。筹帷厌久，盛年昼锦，归来吾乡我里[5]。铃斋少讼[6]，宴馆多欢[7]，未周星[8]，便恐皇家，图任勋贤[9]，又作登庸计[10]。

　　《早梅芳》，柳永自制曲，《乐章集》注正宫。

　　此亦为赠孙沔之作，吴熊和文未及此词，但编年今亦从吴说，即作于至和元年（1054）。

　　此词亦写钱塘风物，却与上首不复。全词音调谐美，风格雄奇畅朗。

　　首三句总写钱塘风景，"谯门"三句既写了钱塘之人烟富庶，又写了杭帅的武将特征，简练之极。"芰荷"六句仅二十六字，却写了芰、荷、浦溆、杨柳、汀洲、虹桥、倒影、兰舟、飞棹、游人、湖光十一种事物，用笔之精，令人叹为观止。

　　下片歌颂赠主，"汉元侯"三句歌颂赠主之战功，"筹帷"三句谓赠主衣锦还乡，"铃斋"六句谓赠主政绩卓著，不日又将回朝大用。

1　海霞红：杭州近海，故云。山烟翠：烟霭将山染得很青翠。

2　"谯(qiáo)门"句：谓官府门前列着画戟。谯门，建有望楼之城门。画戟，即门戟，因戟上以画饰之，故云。古代宫门及显贵之家，门前列画戟为饰。

3　芰(jì)荷浦溆：谓生满芰荷的水边。芰，菱角。浦、溆，均指水边。

4　"汉元侯"三句：谓孙沔像三国时张既一样，既有破虏之战功，也有征蛮之战功。元侯，首功而封侯者。详见前《瑞鹧鸪》(吴会风流)阕注。汉元侯，指三国时魏将张既。峻陟，很快被进用。枢庭，即枢府，指枢密院。孙沔知杭州前升枢密副使，故云。

5　"筹帷"三句：谓厌久在军中，壮年衣锦还乡。孙沔为会稽人，故云。筹帷，即"运筹帷幄之中"。

6　"铃斋"句：谓政绩显著，民风淳朴，争讼很少。铃斋，即铃阁，将帅所居之阁。

7　宴馆：游宴之馆。

8　未周星：不满一年。古人以岁星纪年，岁星每十二年转一周，故谓十二年为"周星"。亦有以一年为"周星"者，此处取第二义，即不满一年。

9　"便恐"二句：意谓恐怕朝廷要按功臣图来任命有功之臣。图任勋贤，《汉书·苏武传》："甘露三年，单于始入朝。上思股肱之美，乃图画其人于麒麟阁，法其形貌，署其官爵姓名。"唐代亦效此，图功臣于凌烟阁。

10　"又作"句：意谓又作重用的打算，重新任命以更大的官，乃至于拜相了。登庸，本意为登用人才，宋以后又称拜相曰登庸。

斗百花

颯颯霜飘鸳瓦[1]，翠幕轻寒微透，长门深锁悄悄[2]，满庭秋色将晚。眼看菊蕊，重阳泪落如珠，长是淹残粉面[3]。鸾辂音尘远[4]。　　无限幽恨，寄情空殢纨扇[5]。应是帝王，当初怪妾辞辇[6]。陡顿今来[7]，宫中第一妖娆，却道昭阳飞燕[8]。

　　此词与前《斗百花》（煦色韶光明媚）句式押韵不同，此词前片八句三仄韵，后片七句三仄韵。

　　柳词的最大特点，就是有啥说啥，实话实说，惟独此词是个例外。

　　与柳词中别的美人词不同，此词用古代文人惯用而柳永却极罕用的"香草美人"格，来寄托君臣遇合与离异。

　　词用汉武帝陈皇后与汉成帝班婕好典，其用意是既隐曲而又显豁的。很明显，柳永在此以陈皇后与班婕好自况，谓自己当初不该"辞辇"离开汴京，希望得到皇帝重新宠幸，然而却"鸾辂音尘远"，即使"寄情纨扇"，也只能"空殢"，难以改变"稀复进见"之命运。以飞燕喻奸谗小人。

　　这首词有悔恨，有希望，最终却也成了谶语。

此词具体作年莫考,然当作于晚年官苏杭时无疑。

善于将用事与时景相结合,造成悲怆气势,是本词的最大特点。

词首四句用陈皇后事,却用造景设色之法,谓"霜飘鸳瓦","轻寒微透",已觉秋色满庭。"眼看"三句又以时景"菊蕊"加以渲染,更觉凄楚动人。

然似宕之太远,难以收束,谁知用"鸾辂"句却又收回到陈皇后事,举重若轻,始觉凡大家善宕者亦善收矣。

下片又另辟蹊径,用班婕妤与赵飞燕事,在对比中显美丑,词旨豁然。

1　"飒飒"句:谓霜飒飒飘在鸳鸯瓦上。飒飒,象声词,指风声。鸳瓦,即鸳鸯瓦。

2　"长门"句:汉武帝陈皇后失宠,被禁在长门宫。

3　"眼看"三句:以菊花经雨后落泪喻人失宠后的心情。淹残粉面,指粉面经泪洗而残。

4　"鸾(lù)辂"句:皇帝的车驾已经走远,再也不见其音尘了。鸾辂,同鸾路、鸾车,天子所乘之车。

5　"寄情"句:意谓班婕妤当年失宠后,曾经题诗于纨扇以寄情,但还是未再遇恩宠。班婕妤《纨扇诗》今不存,江淹《效班婕妤〈咏扇〉》诗述其事曰:"纨扇如圆月,出自机中素。画作秦王女,乘鸾向烟雾。彩色世所重,虽新不代故。窃愁凉风至,吹我玉阶树。君子恩未毕,零落在中路。"空殢(tì),空恋昵。

6　"应是"二句:指班婕妤辞与汉成帝同辇事。《汉书·外戚传》"孝成班婕妤,帝初即位选入后宫。始为少使,俄而大幸,为婕妤,居增成舍,再就馆,有男,数月失之。成帝游于后庭,尝欲与婕妤同辇载,婕妤辞曰:'观古图画,圣贤之君皆有名臣在侧,三代末主乃有嬖女,今欲同辇,得无近似之乎?'上善其言而止。……其后赵飞燕姊弟亦从自微贱兴,逾越礼制,浸盛于前。班婕妤及许皇后皆失宠,稀复进见。"

7　陡(dǒu)顿今来:谓谁能想到如今却猝然发生变化。陡顿,猝然变化。今来,犹云如今。

8　"宫中"二句:却说宫中第一个漂亮的,是昭阳宫的赵飞燕。昭阳,汉宫名。飞燕,即赵飞燕。然赵飞燕并不居昭阳宫,居昭阳者为其妹妹。盖赵飞燕姊妹俱得成帝宠幸,故后世诗人将昭阳与赵飞燕联用。

凤归云

　　向深秋，雨余爽气肃西郊[1]。陌上夜阑[2]，襟袖起凉飙[3]。天末残星[4]，流电未灭，闪闪隔林梢[5]。又是晓鸡声断，阳乌光动[6]，渐分山路迢迢[7]。　　驱驱行役[8]，苒苒光阴[9]，蝇头利禄[10]，蜗角功名[11]，毕竟成何事，漫相高[12]。抛掷云泉[13]，狃玩尘土[14]，壮节等闲消[15]。幸有五湖烟浪[16]，一船风月[17]，会须归去老渔樵[18]。

　　《凤归云》，唐教坊曲名，《乐章集》平韵一百一字者注仙吕调，仄韵一百十八字者注林钟商调。此词为前者。

　　此为行役词，作年莫考，从题旨看当为晚年官苏杭之作。

　　词上片写景如画，由总到分，由远到近，层次分明，将夜景写得可感可触。

　　下片由行役引发感慨，"驱驱"六句为奔走利禄者画像，亦含有作者的自赎。

　　"抛掷"三句为奔走利禄者作惊醒语，劝其莫要为功名利禄而轻掷美妙年华。

　　"幸有"三句谓惟有隐者才志趣高雅。

1　"雨余"句：谓雨过之后,清爽的空气使西郊显得特别幽静。肃,幽静。

2　陌上夜阑：行路中已觉夜将尽。夜阑,夜残,夜将尽。

3　"襟袖"句：意谓起了一阵凉风。凉飙,凉风。风来襟袖先知,故云。

4　天末：天边。

5　"流电"二句：谓隔着林梢,可以看见闪闪的星光。流电,指闪闪的星光。

6　阳乌：即太阳。

7　山路迢迢：山路很深。迢迢,指山路深邃。不能释为"遥远",因山路曲折,只见深邃而不见遥远。

8　驱驱：奔走辛劳。

9　苒苒：渐渐。

10　蝇头利禄：小小的利禄。

11　蜗角功名：意谓功名也不过是微不足道的小事而已。《庄子·则阳》："有国于蜗之左角者曰触氏,有国于蜗之右角者曰蛮氏,时相与争地而战,伏尸数万。"

12　漫相高：互相轻慢地攀比高下。

13　"抛掷"句：谓抛掷美景。云泉,指美景。

14　"狎玩"句：狎玩,戏弄。尘土,尘世。

15　壮节：壮烈的节操。此处之"壮节",非谓建功立业之壮节,乃以归隐山林为壮节,观下文便知。

16　五湖烟浪:泛指游山玩水。五湖,其说不一:一谓太湖,见晋张勃《吴录》;二谓包括太湖在内的周围五个湖,即滆湖、洮湖、射湖、贵湖、太湖,见虞翻《后汉书注》;三谓胥湖、蠡湖、洮湖、滆湖、太湖为五湖,见韦昭《吴越春秋注》。此处泛指天下的江湖。烟浪,烟波。

17　风月:指美景。

18　"会须"句:当及早归去,终老于山林之中。渔樵,指钓鱼打柴,意谓以山林为乐。

临江仙

鸣珂碎撼都门晓[1]，旌幢拥下天人[2]。马摇金辔破香尘[3]。壶浆迎路[4]，欢动帝城春[5]。　　扬州曾是追游地[6]，酒台花径犹存[7]。凤箫依旧月中闻[8]。荆王魂梦，应认岭头云[9]。

统观全词，上阕写京都百姓迎一大官，下阕"追游"此官扬州行迹，词中又用荆王刘贾之典，故知其赠主当为一刘姓刚从知扬州任回到京都者。

查《北宋经抚年表》，自宋太宗太平兴国至哲宗元祐年间，亦即在柳永生齿期间内，刘姓之知扬者，惟刘敞一人而已。刘敞于嘉祐三年（1058）由扬州改知郓州回京述职，词即写于此时。

与前景后情的写法不同，此词全用铺叙之法，笔墨洗练。

上片善于选择细碎事务勾画大场面，活托出一幅汴京百姓欢迎清廉大官的归朝图。

下片则追忆展望并写，寓赞颂于用典之中，以少胜多。

1　"鸣珂"句：谓马行鸣珂之声，打破了都城破晓的宁静。鸣珂，已详见前注。碎撼，细碎地摇动着。

2 "旌幢（chuáng）"句：谓仪仗队伍簇拥着一位仪表不凡的人。旌幢，大官出行作仪仗用的旗帜。天人，道德才貌出众的人。此处指刘敞。

3 "马摇"句：意谓人骑在马上，马缰绳随着马的步子摇动着，穿过了香气扑鼻的京城道路。金辔，饰有金玉之类的马缰绳。破，穿过。香尘，芳香之尘。男女拥簇，知其观者之众。

4 "壶浆"句：意谓老百姓端着酒浆站在路旁欢迎。壶浆，壶里盛着酒浆。

5 "欢动"句：帝城之春欢声雷动。

6 "扬州"句：扬州曾是寻胜宦游之地。追游，寻胜宦游。谓刘敞曾知扬州。

7 "酒台"句：酒台，供饮宴的亭台楼榭。花径，花间小路。

8 "凤箫"句：似乎还依旧能听到当年在扬州时的美人箫声。凤箫，指秦穆公女弄玉吹箫成凤声，随凤而去事。

9 "荆王"二句：意谓如当年的荆王一样，有建功立业的壮怀。荆王，指西汉荆王刘贾。荆王魂梦，谓英雄之梦，建功立业之梦，非才子佳人之梦。岭头云，有别于巫山之云，承上文，故云。刘敞自扬州移任郓州（今山东须城），为京东西路帅府所在地，亦为宋时边防要地，故云"荆王魂梦，应认岭头云"。

黄莺儿

园林晴昼春谁主。暖律潜催[1]，幽谷暄和[2]，黄鹂翩翩，乍迁芳树[3]。观露湿缕金衣[4]，叶隐如簧语[5]。晓来枝上绵蛮[6]，似把芳心、深意低诉[7]。　　无据。乍出暖烟来，又趁游蜂去[8]。恣狂踪迹[9]，两两相呼，终朝雾吟风舞[10]。当上苑柳秾时[11]，别馆花深处[12]。此际海燕偏饶，都把韶光与[13]。

《黄莺儿》，柳永自制曲，因咏黄莺儿，取以为名。《乐章集》注正宫。

综观词意，不作于少年未第之时，即作于老年失意之时。

此首以下为作年莫考之什，不另注。

此为咏物词而寓意豁然。

词首即开宗明义提出了"园林晴昼春谁主"的问题，大有英雄失路、倚天长叹之势，是问语。

但答案却是明确的，即"黄鹂"虽巧舌如簧，"游蜂"虽雾吟风舞，却只能"恣狂"于一时；至于"上苑柳秾"、"别馆花深"之处的"韶光"，却是专留给"海燕"的。

1　"暖律"句：意谓阳气上升，暗催着春天的到来。律，即十二律。阳者为律，阴者为吕，律吕合谓之十二律。律为阳，故谓之"暖律"。古人以为吹律可使温气至。

2　暄和：暖和。

3　"黄鹂"二句：黄莺翩翩飞来，从幽谷迁于乔木。黄鹂，即黄莺，亦名黄鸟。为候鸟，春来秋去，鸣声动听。

4　"观露湿"句：春露沾湿了黄鹂的羽毛。缕金衣，缀以金饰之衣，亦名金缕衣。此处指黄鹂的羽毛。

5　"叶隐"句：黄鹂美妙的声音从树叶中传出。如簧，言其巧。黄鹂喜栖于叶丛中，故云"叶隐"。

6　绵蛮：鸟鸣声。《诗经·小雅·绵蛮》："绵蛮黄鸟，止于丘阿。"朱熹《集传》："绵蛮，鸟声。"

7　芳心：本指女子的情怀，因黄鹂美丽而鸣声动听，故以之为喻。

8　"无据"三句：何以无缘无故地刚从暖烟中来，又趁游蜂而去。无据，无缘无故。此三句即"蛱蝶纷纷过墙去，却疑春色在邻家"义。

9　"恣狂"句：谓黄鹂与游蜂飞来飞去。恣狂，恣睢狂放。

10　"两两"二句：谓黄鹂与游蜂互相呼唤，成天吟舞于风雾中。

11　上苑：禁苑。

12　别馆：偏馆，便馆。此指禁苑之别馆。

13　"此际"二句：意谓偏是海燕独占了春光。海燕，燕子的别称。古人认为燕子产于南方，须渡海而至，故名。偏饶，《诗词曲语辞汇释》："饶，犹添也；连也；不足而求增益也。"韶光，美好的时光。与，享用。然此二句亦有另作别解者：言海燕偏是任凭黄鹂与游蜂独占了韶光。清黄蓼园在《蓼园词评》中即谓："翩翩公子，席宠承恩，岂海岛孤寒能与伊争韶华哉？语意隐有所指，而词旨颖发，秀气独饶，自然清隽。"即取此义。

迎新春

嶰管变青律,帝里阳和新布[1]。晴景回轻煦[2]。庆嘉节、当三五。列华灯、千门万户[3]。遍九陌、罗绮香风微度[4]。十里然绛树[5]。鳌山耸[6]、喧天箫鼓。　　渐天如水[7],素月当午[8]。香径里,绝缨掷果无数[9]。更阑竹影花阴下,少年人、往往奇遇[10]。太平时、朝野多欢民康阜[11]。随分良聚[12]。堪对此景,争忍独醒归去。

———

《迎新春》,为柳永自制曲,盖因写新春元宵盛况而得名。《乐章集》注大石调。此调只此一词,宋人再无继其后者。

叙事闲雅乃柳词看家本领。

上阕写汴京元宵盛况,下阕写月夜游人狂欢,层层展开,有如剥茧。

"嶰管青律"、"帝里阳和"、"晴景轻煦",即将元宵晴昼写尽,笔力简洁。"庆佳节"以下则一句一意,层层脱卸,将元宵夜景写得面面俱到而又重点突出,至"喧天箫鼓"又戛然而止,宛如战马收缰。

下片又以"渐天"句宕开,写素月当空,游人狂欢,少年奇遇，收在"争忍独醒归去"，翻出语尽而意犹未已之致。

全词疏密相间，可谓"密不容针，疏可走马"。

1　"嶰管"二句：意谓冬去春来，天气变暖，京都到处充满阳和之气。古人以十二律定音调，律又分阴阳，按月为之，每月一律。阳律六，阴律六。"嶰管"，以嶰谷所生之竹而做的律本，略当于今之所谓定声器。《汉书·律历志》："黄帝使泠纶，自大夏之西，昆仑之阴，取竹之解谷生，其窍厚均者，断两节间而吹之，以为黄钟之宫。制十二筒以听凤之鸣，其雄鸣为六，雌鸣亦六。比黄钟之宫，而皆可以生之，是为律本。"青，指青帝，我国古代神话中五位天神之一，位于东方，为司春之神。青律，即青帝所司之律，意谓冬去春来。帝里，指京都。阳和，春天的暖气。

2　轻煦：轻暖，乍暖。

3　"庆嘉节"二句：意谓庆元宵节时，千家万户都挂上了彩灯。当三五，正月十五夜，即元宵夜。

4　"遍九陌"句：意谓汴京城到处充满了欢度佳节的人群，绮罗丛中煽起阵阵香风。九陌，本指长安的九条大道。《三辅黄图》："《三辅旧事》云：长安城中八街、九衢、九陌。"后泛指京城大道和闹市，此处谓汴京的大街小巷。

5　"十里"句：谓十里花灯如珊瑚般美丽。绛树，珊瑚。此处以珊瑚喻元宵夜华灯之美。

6　鳌山：谓饰以彩灯的假山。

7　天如水：谓天水一色。

8　素月当午：谓月亮正当中天。午，古人以十二支配方位。午为正南。当午，即正当中天。

9　"香径"句：意谓少年男女狂欢忘形，有因牵女子之衣而被绝其冠缨者，亦有女子掷果于男子者。香径，谓女子之脂粉充盈道路。绝缨，刘向《说苑·复恩》："楚庄王赐群臣酒，日暮酒酣，灯烛灭，乃有人引美人之衣者，美人援绝其冠缨。……王曰：'赐人酒，使醉失礼，奈何欲显妇人之节而辱士乎？'乃命左右曰：'今日与寡人饮，不绝冠缨者不欢。'群臣百有余人皆绝去其冠缨而上火。……居二年，晋与楚战，有一臣常在前，五合五获首，却敌。卒得胜之。庄王怪而问曰：'……子何故出死不疑如是？'对曰：'……臣乃夜绝缨者也。'"掷果，刘义庆《世说新语》引《语林》："安仁（即潘岳）至美，每行，老姬以果掷之满车。"

10　"更阑"二句：更阑，夜深。奇遇，指男女谈情说爱。

11　康阜：安乐富庶。

12　随分：随处。

受恩深

雅致装庭宇[1]。黄花开淡泞[2]。细香明艳尽天与[3]。助秀色堪餐[4]，向晓自有真珠露[5]。刚被金钱妒[6]。拟买断秋天，容易独步[7]。　　粉蝶无情蜂已去[8]。要上金尊，惟有诗人曾许[9]。待宴赏重阳[10]，恁时尽把芳心吐[11]。陶令轻回顾。免憔悴东篱，冷烟寒雨[12]。

《受恩深》，柳永自制曲，其后再无以此调填词者。《乐章集》注大石调。

此为咏菊词。

咏物词贵在有寄托，又忌在专寄托，前人所谓"无寄托不入，专寄托不出"者是也，此词之寄托即贵在有意无意之间。

词首三句写黄花淡泞，强调其"雅致"，非俗艳之花可比。"助秀色"二句写菊花带露，更增明艳。"刚被"三句谓菊独占秋色，无与伦比。

上片已就菊之雅致明艳做足文章，下片则偏锋劲出，谓惟诗人与菊有特殊的感情，菊始将芳心尽吐与诗人。

全词左旋右旋，总不离菊，以高雅为骨，清峭为神，寄托遥深，为柳词中上乘之作。

1　"雅致"句：谓菊花之高雅，完全可以用来装点庭院。雅致，高雅脱俗的情致。自陶渊明咏菊之后，古代文人将高雅脱俗寄情于菊，故云。庭宇，庭院。

2　淡泞（nìng）：清新明净。

3　明艳：鲜明美丽。

4　秀色堪餐：形容秀美异常。

5　"向晓"句：到了早晨，菊花上自会有露水如珍珠。向晓，到晓。真珠，今通作"珍珠"。

6　"刚被"句：谓菊花颜色之黄，偏偏被金钱所嫉妒。刚，偏偏。

7　"拟买断"二句：意谓占尽秋色，独一无二。买断，独占，占尽。

8　"粉蝶"句：意谓驱春的粉蝶与蜜蜂是不会光顾秋天的。此以蜂蝶喻趋时之俗。

9　"要上"二句：意谓要将樽前月下作为吟唱的对象，只有陶渊明这样雅致清高的诗人才会称许。此句颂扬菊花的清高。金尊，亦作"金樽"，酒樽之美称。许，称许，赞许。

10　"待宴赏"句：等到重阳节宴赏的时候。重阳，九月九日为重阳节，魏晋后，习俗于此日登高游宴。

11　"恁时"句：九月有赏菊之俗，重阳节又谓之菊节，故云。上五句谓菊花避俗就雅，趋时之蜂蝶厌弃菊花，只有雅士才能领会菊花的清高。或有所寄托,亦未可知。

12　"陶令"三句:此为倒装句,意谓当及时清赏,不要等到秋去冬来,那时候冷烟寒雨,菊花就会憔悴东篱,即使陶渊明再来赏菊,也只能是空回顾,无悠然之兴。陶令,指陶渊明,因陶渊明曾为彭泽令,故称。

抛球乐

　　晓来天气浓淡[1]，微雨轻洒。近清明，风絮巷陌[2]，烟草池塘[3]，尽堪图画。艳杏暖、妆脸匀开[4]，弱柳困、宫腰低亚[5]。是处丽质盈盈[6]，巧笑嬉嬉[7]，争簇秋千架[8]。戏彩球罗绶[9]，金鸡芥羽[10]，少年驰骋，芳郊绿野。占断五陵游[11]，奏脆管、繁弦声和雅。　　向名园深处，争拈画轮[12]，竞羁宝马[13]。取次罗列杯盘[14]，就芳树、绿阴红影下。舞婆娑，歌宛转，仿佛莺娇燕姹[15]。寸珠片玉，争似此、浓欢无价[16]。任他美酒，十千一斗[17]，饮竭仍解金貂赏[18]。恣幕天席地[19]，陶陶尽醉太平，且乐唐虞景化[20]。须信艳阳天，看未足、已觉莺花谢[21]。对绿蚁翠蛾[22]，怎忍轻舍。

　　《抛球乐》，唐教坊曲名。按此调有单、双两体，单调三十字,始于刘禹锡,为五七言律诗体。至宋,柳永则借旧曲名别倚新声,始有两段一百八十七字体。《乐章集》注林钟商调,与唐词小令体制迥然有别。

　　此词宛如一幅《清明上河图》，将宋时汴京清明风俗写得淋漓尽致。

　　词全用赋笔。"晓来"五句活画出一幅清明烟雨图，"艳杏"二句特表出杏、柳风姿，"是处"三句完全是一幅"丽人行"笔意，"戏彩球"四句写清明踏青之游，一句一意，直逼而下，"占断"二句突出五陵少年，声色并茂。

　　下片专写清明游园盛况，至"须信"二句又倒峰逆波，惜春之去。

　　全词一泄直下，宛如覆驾之马，无局促辕下之态，有逸气奔放之姿。

1　浓淡：谓阴云时浓时淡。

2　风絮巷陌：意谓满街满路都飘着柳絮。

3　烟草：烟景与春草。春天阳气上升，空气中充塞着一层薄薄的似烟似雾的气体，谓之"烟景"。

4　"艳杏"句：谓暖春之后，杏如盛装女子之脸般均匀地抹上了一层胭脂。

5　"弱柳"句：谓柳枝在春风中摆动，如宫女之细腰般婀娜多姿。宫腰，《韩非子·二柄》："楚灵王好细腰，而国中多饿人。"后以宫腰喻细腰，此处谓柳枝。低亚，低垂。

6　"是处"句：是处，到处。丽质，指浓妆艳抹的女子。盈盈，仪态美好。

7　巧笑嬉嬉：即笑嘻嘻。巧笑，笑貌很美，一般谓女子之笑。

8　"争簇"句：争着聚集在秋千架旁。秋千，本原于古代战争之施钩，后发展为游戏，且为节气之戏，即在寒食、清明节前后。

9　彩球罗绶：彩球上系着绫罗绶带。

10　金鸡芥羽：谓斗鸡游戏。金鸡，给鸡爪穿上甲。芥羽，一说，为鸡翅涂上芥末；另一说，为鸡翅穿上甲。

11　五陵：谓华贵公子。五陵，原为长陵、安陵、阳陵、茂陵、平陵五县的合称，均在今陕西省咸阳市附近，为西汉五个皇帝陵墓所在地。汉元帝以前，每立陵墓，辄迁徙四方富豪及外戚居住，令供奉陵园，称为陵县。故后世称豪族子弟为"五陵少年"。

12　争扭（nǐ）画轮：谓争着停放车子。扭，停止。画轮，画轮车。

13　竞鞚宝马：争着拴马。

14　取次：随便，草草。

15　"仿佛"句：喻歌儿舞女如黄莺之娇、春燕之美。姹，娇美，靓丽。

16　"寸珠"二句：意谓珠玉虽贵，而浓欢无价。

17　"任他"二句：谓酒价昂贵，不宜据此将酒价坐实视之。

18　金貂贳：用金貂赊酒。金貂，帽子。贳，抵偿。

19　幕天席地:谓野营,以天为幕,以地为席。

20　唐虞景化:意谓太平盛世的光景与风化。唐,指尧。虞,指舜。

21　莺花:泛指可资玩赏的春景。

22　绿蚁翠娥:指美酒与美女。绿蚁,美酒名。翠蛾,指美丽的女子。蚕蛾触须细长而弯曲,故用以喻女子之眉毛,亦代指美女。

木兰花慢

拆桐花烂漫[1]，乍疏雨、洗清明。正艳杏烧林[2]，缃桃绣野[3]，芳景如屏[4]。倾城。尽寻胜去，骤雕鞍绀幰出郊坰。风暖繁弦脆管，万家竞奏新声[5]。　　盈盈。斗草踏青[6]。人艳冶、递逢迎[7]。向路旁往往，遗簪堕珥，珠翠纵横[8]。欢情。对佳丽地，任金罍罄竭玉山倾[9]。拚却明朝永日，画堂一枕春醒[10]。

《木兰花慢》始于柳永。

历代词家从"依声"角度考虑,谓此词"得音调之正"。然若自文学角度观之,与上首相较,似觉欠博大宽阔气象。

两词均写清明盛况及士女出郊踏青,惟上首重在"士",此首重在"女"耳。

上阕写景,则拈出"桐花"、"艳杏"、"缃桃",近于白描。

下阕写士女狂欢盛况,则左旋右转,颇得皴染之妙。

1　"拆桐花"句:谓桐花正开得烂漫。拆,绽裂,开。

2　艳杏烧林:谓艳杏染红了树林。着一"烧"字,将艳杏写得更红。

3　缃桃:《花谱》谓子叶桃为缃桃。缃,嫩黄色。

4　芳景如屏:美丽的景色就像屏风上画的一样。

5　"尽寻胜"四句:写都人争相出游踏青盛况。绀,天青色,即深青透红之色。幰(xiǎn),车幔。坰(jiōng),郊野。繁弦脆管,泛指音乐。

6　斗草:亦作"斗百草",古代女子的一种游戏。竞采百花,比赛多寡优劣。常于三月与端午戏之。

7　递逢迎:互相打招呼。

8　"向路旁"三句:谓游人很多,互相拥挤,以致将妇女们所佩戴的首饰都挤落满地。簪,簪子。珥,玉饰品。

9　"任金罍(léi)"句:谓游人任情畅饮,一个个喝得酩酊大醉。金罍,古酒器,用以盛酒,可盛一石。常以木作成,而饰以金,刻云雷之象,故谓之金罍。玉山倾,谓喝醉酒而倒地。

10　春酲(chéng):春醉。酲,酒醉而神志不清。

玉蝴蝶

淡荡素商行暮[1]，远空雨歇，平野烟收[2]。满目江山，堪助楚客冥搜[3]。素光动、云涛涨晚[4]，紫翠冷、霜巘横秋[5]。景清幽。渚兰香榭，汀树红愁[6]。　　良俦[7]。西风吹帽，东篱携酒，共结欢游[8]。浅酌低吟，坐中俱是饮家流。对残晖、登临休叹[9]，赏令节、酩酊方酬[10]。且相留。眼前尤物[11]，盏里忘忧[12]。

此词为重阳词。

节序词不容易写好，往往应时纳声而已。但此词却善状秋景，清新可喜。

"淡荡"三句总写暮秋雨后远景。"满目"二句引起悲秋情绪。"素光"二句写云涛收起，秋山远横，形象简洁。"景清幽"三句总收写景，复又景中含情。

下片写重阳良朋欢聚，又时时点出节气特点。"良俦"四句举重阳典，写良朋欢聚时之热闹与风流倜傥。"浅酌"二句写饮酒赋诗。"对残晖"二句借暮景为题，谓莫作牛山之叹，应一醉方休。"且相留"三句谓应及时行乐。

1　"淡荡"句:谓已将近散淡的暮秋。淡荡,散淡。商,五音之
一,于四时为秋,故称秋为商、素商、商秋。行暮,行将晚。

2　"远空"二句:遥远的天空雨住了,平野的雾霭也渐渐收起。

3　"满目"二句:犹云满目秋景,可助发离乡之人的悲秋情绪。
楚客,指宋玉。冥搜,苦苦搜求,此指搜求悲秋情绪。

4　"素光"句:谓月光在傍晚云涛收起时涌动的缝隙中慢慢移
动。素光,指月光。云涛涨,指雨住后云涛收起时的涨涌。

5　"紫翠"句:谓霜天中的群山,到处是一片红青相间的秋色。
紫翠,红青相间。因至晚秋,有些树叶已显出红色,有些尚青,
故云"紫翠"。巘(yǎn),山峰。

6　"渚兰"二句:谓江边的岛屿、小洲与亭台上的树木都红了,
不由引起人的秋愁。渚兰,"兰渚"之倒,渚的美称。

7　良俦:良朋。

8　"西风"三句:意谓朋友们在一起狂欢,以度重阳节。西风
吹帽,用孟嘉落帽风流典。《晋书·孟嘉传》载:"九月九日,
(桓)温燕龙山,僚佐毕集。时佐吏并着戎服,有风至,吹(孟)
嘉帽堕落,(孟)嘉不之觉,(桓)温使左右勿言,欲观其举止。
(孟)嘉良久如厕,(桓)温令取还之,命孙盛作文嘲(孟)嘉,着
(孟)嘉坐处。(孟)嘉还见,即答之,其文甚美,四坐嗟叹。"东
篱携酒,用陶渊明采菊东篱典。

9　"对残晖"句:谓面对残阳,不要像齐景公一样,作牛山之

叹。《晏子春秋·谏上》载:"景公游于牛山,北临其国城而流涕曰:'若何滂滂去此而死乎?'"后以牛山叹、牛山涕、牛山悲、牛山泪喻为人生短暂而悲叹。牛山,在今山东淄博市。

10　"赏令节"句:在美好的节日游赏,须一醉方休。令节,美好的节日。方酬,方能酬应赏节之志。

11　尤物:指奇绝的景色。

12　盏里忘忧:酒能解愁,又称"欢伯",故云。

柳腰轻

英英妙舞腰肢软[1]。章台柳、昭阳燕[2]。锦衣冠盖，绮堂筵会，是处千金争选[3]。顾香砌、丝管初调[4]，倚轻风、佩环微颤。　　乍入霓裳促遍[5]。逞盈盈、渐催檀板[6]。慢垂霞袖[7]，急趋莲步[8]，进退奇容千变。算何止、倾国倾城，暂回眸、万人肠断[9]。

《柳腰轻》，《乐章集》注林钟商，是唐教坊十八调之一，曲名为柳永自制。

此词为咏妓词。

全词写歌妓之歌声美妙，舞姿翩翩。

写歌妓之舞姿，以章台柳、昭阳燕为喻；写歌妓歌声之美，以"是处千金争选"为赞；写歌妓歌前之神态，仅谓"丝管初调"、"佩环微颤"，大得"此时无声胜有声"之情致。

下片歌舞并写，"乍入"二句写歌喉轻盈，"慢垂"三句写舞姿千变万化，"算何止"二句写其美无双，回眸媚人。

1　英英：为歌妓名，当为汴京歌妓。柳永词多写实，但英英其人，除了《乐章集》提及外，余无考。

2 "章台"句：以柳氏与飞燕喻歌妓。孟棨《本事诗》："（韩翃得妓柳氏）来岁成名。后数年，淄青节度使侯希逸奏为从事。以世方扰，不敢以柳自随，置之都下，期至而迓之。连三岁，不果迓，因以良金置练囊中寄之，题诗曰：'章台柳，章台柳，往日依依今在否？纵使长条似旧垂，亦应攀折他人手。'柳复书，答诗曰：'杨柳枝，芳菲节，可恨年年赠离别。一叶随风忽报秋，纵使君来岂堪折？'"

3 "锦衣"三句：谓华贵人家出高价争着请她去歌舞。锦衣，指华贵的衣服。冠盖，谓官宦人家。绮堂，华贵的厅堂。是处，到处。

4 顾香砌：看看唱台上，歌女正在调着乐器。砌，台阶，此指唱台。丝管，泛指乐器。

5 "乍入"句：谓刚刚将《霓裳》曲唱过一段。霓裳，即《霓裳羽衣曲》。促，促拍。遍，唐宋时称乐曲的结构单位。今存词调如《哨遍》、《泛清波摘遍》等，尤可见其遗迹。

6 檀板：檀木做的拍板。

7 霞袖：谓舞袖如云霞飘逸。

8 莲步：谓美人之步。《南史·废帝东昏侯传》："凿金为莲华以帖地，令潘妃行其上，曰：'此步步生莲华也。'"

9 "暂回眸"句：谓回眸一顾，万人感动。

木兰花

　　佳娘捧板花钿簇[1]。唱出新声群艳伏。金鹅扇掩调累累[2]，文杏梁高尘簌簌[3]。　　　鸾吟凤啸清相续[4]。管烈弦焦争可逐[5]。何当夜召入连昌，飞上九天歌一曲[6]。

　　此词亦写听歌，连以鸾吟凤啸、梁尘暗落以及唐之念奴为喻。除写其歌声之美外，又突出其态："捧板花钿簇"，"金鹅扇掩"，写其佯羞之态，生动真切。

1　"佳娘"句：谓佳娘捧着拍板上场，如花团般锦簇。佳娘，歌妓名。其人不详。捧板，捧着拍板。钿，妇人首饰。簇，丛聚。

2　"金鹅"句：谓以扇掩口而歌，声调绝伦。金鹅扇，饰以金鹅之扇。累累，连接成串。

3　"文杏"句：谓即使屋梁很高，歌声也震动了梁上之尘。文杏梁，用文杏木作的屋梁，喻梁之美。

4　鸾吟凤啸：形容歌声如鸾之吟、凤之啸。鸾、凤，皆瑞鸟，故用以为喻。

5　"管烈"句：谓美妙的乐器声，与歌妓之歌声相追逐。《后汉书》卷六十《蔡邕传》："吴人有烧桐以爨者，邕闻火烈之声，知其良木,因请而裁为琴,果有美音,而其尾犹焦,故时人名曰'焦尾琴'焉。"所谓"弦焦"者,乃与"管烈"相对为文,并非弦亦"焦"矣。

6 "何当"二句:谓其歌声可与在连昌宫歌唱的念奴相比美。连昌,在河南宜阳县西,唐高宗置。念奴,唐玄宗时歌者。九天,指宫禁。

瑞鹧鸪

宝髻瑶簪[1]。严妆巧[2]，天然绿媚红深[3]。绮罗丛里[4]，独逞讴吟[5]。一曲阳春定价，何啻值千金[6]。倾听处，王孙帝子，鹤盖成阴[7]。　　凝态掩霞襟[8]。动象板声声，怨思难任[9]。嘹亮处，迥压弦管低沉[10]。时恁回眸敛黛[11]，空役五陵心[12]。须信道[13]，缘情寄意，别有知音。

——　此词《乐章集》注南吕调，亦完全打破了律诗的句式。

此阕与前阕不同，为妓恋词，写歌妓虽以艺侍人，然却"别有知音"，追求爱情自由，显然有进步意义。

上阕写歌妓色艺之美。写色之美突出了天然，用白描法；写艺之美突出了听者之众，用反衬法。

下阕写歌妓内心悲苦，突出了歌妓要求人格尊严与爱情自由的强烈愿望。

"凝态"乃点睛之笔，然"意态由来画不成"，作者却避难就易，写其"回眸敛黛"，则"怨思难任"、"缘情寄意"均在其中矣。

所谓"台下王孙逾千万，手中绣球仅一枚"，于此可见。

——　1　宝髻瑶簪：谓发式与簪子都很漂亮。瑶簪，犹"玉簪"。

2　严妆：浓妆。

3　"天然"句：意谓妆化得浓淡刚好。绿媚，谓眉媚。

4　绮罗丛：指歌妓丛。歌妓均盛装艳裹，故云"绮罗丛"。

5　讴吟：歌唱。

6　"一曲"二句：谓一曲高雅的《阳春》歌，就定了身价，何止一曲千金。《阳春》，即《阳春白雪》，指高雅的乐曲。宋玉《对楚王问》："客有歌于郢中者，其始曰《下里巴人》，国中属而和者数千人；其为《阳阿薤露》，国中属而和者数百人；其为《阳春白雪》，国中属而和者不过数十人……是其曲弥高，其和弥寡。"何啻，何止。

7　"王孙"二句：意谓来听歌的尽是些身份高贵的人，车马成群。王孙帝子，犹云"王孙公子"，泛指身份高贵的人。鹤盖，形容车盖之华美。盖，车盖，车篷，用以遮阳障雨。车盖成阴，车盖遮蔽了阳光，到处是一片阴凉，谓车马之多。

8　"凝态"句：谓歌唱之前，神态庄重，霞帔、襟袖也收敛不动。掩，止息不动。

9　"动象板"二句：只见拍板动处，歌声传出怨思之情。象板，象牙作的拍板。古代歌女，歌唱之前先摇拍板，用以定场。怨思难任，怨恨之思难于承受。

10　"嘹亮"二句：谓歌声之嘹亮，压住了乐器的声音。古代歌唱与今不同，往往乐声与歌声争胜，故云。迥压，远远压住了。

弦管,泛指乐器。

11 "时恁"句:时不时回头顾盼,转眸皱眉。恁,如此,这般。回眸,回头顾盼。敛黛,敛眉,皱眉。回头顾盼,最能体现女人之美,故始有下句。

12 "空役"句:意谓将那些华贵公子的心弦全扣动了。空,罄尽,全部。役,使被吸引而不自主,引申为牵惹,羁绊。五陵,即"五陵少年"的简称。详见前《抛球乐》(晓来天气浓淡)阕注。

13 须信道:须知道。

二郎神

炎光谢[1]。过暮雨、芳尘轻洒[2]。乍露冷风
清庭户[3]，爽天如水，玉钩遥挂[4]。应是星娥嗟
久阻，叙旧约、飚轮欲驾[5]。极目处[6]、乱云暗
度，耿耿银河高泻[7]。　　闲雅[8]。须知此景，
古今无价。运巧思、穿针楼上女[9]，抬粉面、
云鬟相亚[10]。钿合金钗私语处，算谁在、回廊
影下。愿天上人间，占得欢娱，年年今夜[11]。

《二郎神》，唐教坊曲名，此调有两体，前片起句三字者名
《二郎神》，前片起句四字者名《转调二郎神》。《乐章集》注林
钟商。

此为节序词，写七夕。

上片首三句总写七夕景色，"乍露"三句写七夕之夜爽天
如水，突出初月。"应是"二句写牛女相会，"极目处"二句写
乱云微度，银河高泻，衬托牛女相会之美景。

下片首三句是对牛女相会美景的高度评价。"运巧思"
二句写民间乞巧之俗如画。

"钿合"二句忽然宕开，用唐玄宗与杨贵妃七夕私语典，
将天上与人间贯通，真神来之笔。

　　尾三句直承上文生发,赞美了"愿天下有情人终成眷属"的美好情义。

1　炎光谢：谓暑气已退。

2　"过暮雨"句：为"暮雨过,轻洒芳尘"之倒装,意谓暮雨过后,尘土为之一扫而空。

3　"乍露"句：谓接近结露的时候,开始变冷的秋风使庭户也变得清爽。乍露,初次结露或接近结露的时候。

4　玉钩：喻新月。

5　"应是"二句：意谓应是织女嗟叹与牛郎相隔太久了,想御风跨过天河去与牛郎应旧约。星娥,指织女。飙轮,指御风而行的神车。

6　极目处：远望所及。

7　耿耿：明亮。

8　闲雅：紧承上句,谓景物雅致。闲,通"娴"。

9　"运巧思"句：意谓女子在彩楼上乞巧。南朝梁宗懔《荆楚岁时记》："七月七日为牵牛织女聚会之夜。……是夕,人家妇女结彩缕,穿七孔针,或以金银鍮石为针,陈瓜果于庭中以乞巧,有喜子网于瓜上,则以为符应。"

10　"抬粉面"句：谓乞巧的女子抬起粉面,发髻都相似。相亚,相似。

11 "钿合"五句：用李隆基与杨贵妃七夕誓言世世为夫妻典，祝愿天上人间年年七夕欢娱。见宋乐史《杨妃外传》。后世因称矢志不渝、永为鸾侣者为钿合姻缘。钿合，亦作"钿盒"，镶嵌金银玉贝的首饰盒。金钗，女子首饰。算，推测，料想。

巫山一段云

六六真游洞[1]，三三物外天[2]。九班麟稳破非烟[3]。何处按云轩[4]。　　昨夜麻姑陪宴。又话蓬莱清浅[5]。几回山脚弄云涛。仿佛见金鳌[6]。

《巫山一段云》，唐教坊曲名，《乐章集》注双调。

《乐章集》中有五首《巫山一段云》，开词中游仙之先河，此即其一。

清李调元《雨村词话》卷一曰："诗有游仙，词亦有游仙。人皆谓柳三变《乐章集》工于闺帐淫媟之语、羁旅悲怨之辞。然集中《巫山一段云》词，工于游仙，又飘飘有凌云之意，人所未知。"

柳词中《巫山一段云》五首，多用麻姑与西王母典，其五又有"一曲云谣为寿"之句，岂其以游仙词之形式，为人母祝寿欤？

即如此首，写群仙下凡，又谓麻姑侍宴，话蓬莱清浅，皆祝人母寿高之意。

资料短乏，其间人事内容莫辨，亦殊难遽断，仅助读者之一思耳。

即以游仙而论,李调元谓"飘飘有凌云之意",诚不虚言。

1　"六六"句:谓三十六洞天。道家以为天下名山胜境,为神仙所居者谓之洞天。又有三十六洞天、七十二福地之说。真,道家称养成本性或修真得道的人,亦泛指成仙的人。

2　"三三"句:谓世外九天。然何谓九天,其说又不一。《太玄经》卷八:"九天,一为中天,二为羡天,三为从天,四为更天,五为晬天,六为廓天,七为减天,八为沈天,九为成天。"三三,三的倍数,即九。物外,世外。谓超脱于尘世之外。

3　"九班"句:意谓仙人乘着麟驾冲破祥云而来。九班,原指朝班,此指仙班。麟,仙人以麟为驾。麟稳,谓麟驾安稳。非烟,谓祥云。

4　云轩:仙人所乘之车。

5　"昨夜"句:昨夜麻姑曾来陪宴,又说到蓬莱水的清浅。麻姑,女仙,建昌人,修道于牟州东南姑余山。宋政和中,封真人。世以麻姑祝女寿,言其长生不老如麻姑。晋葛洪《神仙传》:"麻姑自说云:'接待以来,已见东海三为桑田。向到蓬莱,水又浅于往昔,会时略半也,岂将复还为陵陆乎?'"蓬莱,传说中海上三神山之一。

6　"几回"二句:此二句亦为麻姑语,意为曾经几次看到金鳌在负神山而舞,使山脚下云涛滚滚。